西方人看中国

[美] 路易丝·乔丹·米恩 著
王 鹏 译

一个西方艺人的东方印象

When we were strolling players in the East

南京出版社

图书在版编目(CIP)数据

一个西方艺人的东方印象 /(美)米恩著;王鹏译.
南京:南京出版社,2009.5
("西方人看中国"文化游记丛书)
ISBN 978-7-80718-446-1

Ⅰ.一… Ⅱ.①米… ②王… Ⅲ.游记—作品集—美国—近代 Ⅳ.I712.64

中国版本图书馆 CIP 数据核字(2009)第 034951 号

丛 书 名:"西方人看中国"文化游记丛书
书 名:一个西方艺人的东方印象
作 者:路易丝·乔丹·米恩
译 者:王 鹏
出版(发行):南京出版社
社 址:南京市成贤街 43 号 3 号楼 邮编:210018
网 址:http://www.njcbs.com http://www.njcbs.net
联系电话:025—83283817(营销) 025—83283883(编务)
电子信箱:webmaster@njcbs.com
责任编辑:赵育春
装帧设计:郭春明
印 刷:南京大众新科技印刷有限公司
经 销:全国新华书店
开 本:965×1270 毫米 1/32
印 张:4.875
字 数:119.4 千
版 次:2009 年 4 月第 1 版
印 次:2009 年 4 月第 1 次印刷
书 号:ISBN 978-7-80718-446-1
定 价:13.50 元

米恩夫人的剧照——苔丝狄蒙娜

一个西方艺人的东方印象

路易丝·乔丹·米恩

(Louise Jordan Miln)

纽约：查尔斯·斯克里布纳之子公司

153～157第五大街

1896

谨以此书

献给

一直爱我、理解我的

父亲

出版者的话

在19世纪初至20世纪上叶众多来华的西方作家中，我们选取了一些作品，结集而成这套“西方人看中国”文化游记丛书。他们之中有西方报刊社派驻中国的记者，有著名的汉学家，还有在中国生活多年的外交官，或清廷所雇用的外国官员、教习和到中国经商的商人。他们基本上以比较客观的笔调，对近代中国的政治、经济、文化、社会生活和风俗人情等方面作出了写实的描绘。中国近代的落后和衰败，并不仅仅表现在经济、政治和外交上，更多地表现在文化与思想观念上，而这些著述恰恰为我们了解那个时代提供了一个独特的视角，有助于我们民族的自我认识。

不可避免的是，在那些中国人备受欺压的岁月里，西方人关于中国的记录往往带有程度不同的歧视意味。基于历史的种种原因，这些西方人对中国这样一个历史悠久的文明古国的认识有其真实的一面，但也难免有变形、歪曲的一面，在主观上不可能不受其欧洲中心主义的影响。即便在这样的情况下，其所记所述依然具有文化传播的重要意义。我们之所以忠实地保留了原样，其宗旨是为了展现当时的中国在西方人眼中是怎样的形象。我们相信，阅读这类图书的读者完全可以凭借自身的水平对事实加以针对性地鉴别和分析。

译 者 序

19 世纪末20世纪初，当许多西方男性作家仍然或陶醉于自己的“盲目自大”或恐惧于所谓的“黄祸”而固执地投身于对中国人的人性和中国社会制度的分析之中，试图以一种外科医生的冷静“通过图表和一页一页的数据”[①]寻找出“中国到底哪里出了错”[②]时，一些“来自西方的聪慧的女儿们”则开始为人们提供另外一种不同的视角。她们表达了对中国普通民众的深切同情，批判了她们同时代的男性对待这个国家的傲慢和屈尊的态度，对她们的政府“以进步的名义所进行的伟大事业”提出了质疑，针对白人对中国的干涉发出了反对的声音，并且描述了一个不同的中国。[③] 就像学者罗伯特·瑞格尔(Robert Riggle)所说的一样：“如果说西方男性把我们自己、我们的价值观、我

---

① Merwin, Samuel. *Hills of Han: A Romantic Incident*. The Bobbs-Merrill Company, 1919. P.2

② 美国记者吉尔伯特(R. Y. Gilbert)在他的作品《中国错在哪里》(What Wrong With China, 1923)中断言中国人相对于美国人而言是一个劣等种族。

③ 当然，读者可能也会发现有一些例外。一些美国男性作家，比如说海泽凯亚·巴特沃斯(Hezekiah Butterworth)和厄尔·别格斯(Earl Derr Biggers)也有对与中国的正面描述，威尔·列文顿(Will Levington)也曾经著书反对西方对中国的侵略，但是总体来讲，当时描述中国的男性作品中以负面描述和分析居多。

们的思想和文化投射到中国这个大屏幕上并让这一切突显出来，而我们的姐妹们则选择认同于中国，在中国这个背景下认识她们自己，并自觉去感悟它，努力从它那里学习，而不是擅自去揣测它。"①

路易丝·乔丹·米恩(Louise Jordan Miln，1864～1933) 正是这样的一位先行者。她1864年出生于美国伊利诺州，孩提时代曾拜访过居住在旧金山的亲戚，有机会接触到那里的唐人街。19世纪末，她以演员的身份和同为演员的丈夫乔治·克赖顿(George Crichton)一起来到中国。在中国，她曾出入过显赫之家的豪门大宅，也曾拜访过普通的农家小院，她把自己的这些经历都记录在《一个西方艺人的东方印象》一书中。后来，她转而学习东方文化，成了东方文化的崇拜者。

米恩一生至少有13部关于中国的作品出版，1941年的《美国小说书目》推荐了她的九部以中国为主题的作品。据报道，一位著名的中国外交官曾经如此赞扬她的小说《灯会》(The Feast of Lanterns)："她描写的是真实的中国。真是难以置信，简直就是不可思议，竟然有西方人能够如此理解和描述我的祖国。" 她的写作生涯是在英国度过的。其主要作品出现在赛珍珠的名作之前，以一种唯美的笔调描述了中国的风土人情，为西方读者认识中国打开了视野，在美国一度极为风行。

《一个西方艺人的东方印象》一书出版于1896年，主要描述了作者在东亚各国的见闻。本译著只节选了其中关于中国和日本的部分。她在中国游览了上海、香港、广东等地，对中国的监狱、新年、葬礼、婚礼、小脚女人、宗教等都发表了自己独特的看法，表达了对中国文化的喜爱以及对西方人的不满。她曾严厉地谴责那些西方游客，由于他们对中国"愚蠢"的概括而导致了人们对它的严重的误解。她也谴责了那些游记作家关于中国人无知、野蛮、残忍的说法，认为当时许多西方作家对中国的描述完全是出于无知的胡说，谴责他们根据自己肤浅

① 罗伯特·瑞格尔1997年7月14日在南京大学的演讲"四海之内皆姐妹"。

的对个别中国人的了解就判定整个中华民族是劣等民族是犯了一个极为严重的错误。她反问他们:“难道欧洲人中就没有坏人吗?”

她相信“中华民族是当今世界被误解最深的民族。这个世界上,再没有其他任何一个文明国家如同中国一样受到了我们如此错误地理解和判断。我也坚信,没有任何一个国家像中国一样如此值得我们同情和尊重”。她同时对比了西方人在中国所受的待遇和中国人在西方所受到的待遇,表达了对中国人遭受到的不公正待遇的同情。米恩客观地评价说:“总体说来,我认为,我们在中国所受的待遇要比中国人在我们的家乡所受的待遇好得多。”并且,她认为西方人在对中国的文化传统一无所知的情况下,而一厢情愿地试图转变中国人,让他们接受西方文明,这是非常愚蠢的,是对中华文明的摧残。而她关于中国人对待自己的土地的态度也令生活在今天的我们汗颜,值得我们思考:

几千年来,中国人开发了这个神奇国度的很多资源。他们培养起伟大的耐心和智慧。马来半岛的南部和新加坡岛几乎被疯长的肉豆蔻树所摧毁。北美目前成千上万亩土地也已经贫瘠或者濒临贫瘠,因为几年以前,土地的所有者过于频繁和无节制地从大自然中攫取食物,而这已经超出了自然界的供给能力。中国人没有犯这种错误。他们没有从其“演进着的欢乐谷”中索取超出他们生产率的过多东西。因此,中国目前还像是这个奇特的黄色人种的第一批祖先在此狩猎时的处女地,拥有同样丰富的矿产以及种类繁多的动植物。这些黄种人现在就居住在中国并且十分珍惜自己的土地。膘肥体壮、长着大眼睛的斑点鹿在危机四伏的森林里惬意地散步,数量多得如同当年古老的拉丁作家描述中国居民时称他们为“弓箭手”的那个年代。很多皮毛光滑的野兔在各类蕨类植物中间奔跑。金黄色的野鸡将窝搭建在野白玫花丛中。鹬和鹌鹑在米地里偷食吃。野鸭和鸽子把脚伸进潮湿凉爽的稻田。个头很小的食米鸟儿抓住开着紫色花儿的紫藤枝干,摇来摆去地荡秋千。

米恩在接下来的几章里记录了她在我们的邻国——日本的游历。她对她所认识的四位东京女性的描述资料翔实、可信度高，让我们看到了那个时期中日女性的区别。而有关日本的葬礼和婚礼两章也让我们感受到了中日两国习俗的差异以及他们对待死亡、生命以及婚姻的不同态度。米恩在描述日本的时候也有意识地对中日两国进行了比较。比如说中国人和日本人对孔子的尊崇、中日两国男性对待女性的态度、他们艺术品位的不同，等等。这都给我们认识自己、认识那段历史提供了一个横向的坐标。

尽管米恩的作品中也存在着这样、那样的缺点，尽管她的描述比较零散、琐碎、感性，尽管她和她所批判的同时代的西方人一样，对中国也做了简单化的概括，对中国和中国人也有一些误解，甚至是错解，但是总体来说，她对中国悠久文化和历史的尊重和欣赏在那个时代是难能可贵的。她对中国人所表现出来的，或者说试图表现出来的理解和同情还是令我们感激。她试着去为中国人辩护，试图找出中国人各种行为背后的原因。通常她会把它们归结为过剩的人口和恶劣的生存环境。这些都使得她的作品对 19 世纪末 20 世纪初的中国形象在西方人心目中的提升起到了正面的推动作用。

西方人所描述的中国为我们竖起一面认识自己的镜子。虽然有些镜子或许只是哈哈镜，夸大了我们身上的某些部位，但是也会有其一定的真实性。透过这些镜子看看我们自己，我们还是会发现一些问题。作者提到的中国人的生活方式目前有些已经改变了，有些仍未改变。那么，哪些改变了？哪些又被我们保留下来了呢？我们应该如何对待我们的文化遗产，应该如何向西方介绍我们的国家，这些都是值得我们思考的问题。

附米恩关于中国的主要作品：

《一个西方艺人的东方印象》(*When We Were Strolling Players in the East*,1896)

《灯会》(*The Feast of Lanterns*, 1920)

《武先生》(*Mr Wu*,1920)

《沈氏夫妇》(*Mr and Mrs Sên*, 1923)

《山东花园》(*In a Shandong Garden*,1924)

《沈卢本与沈爱维》(*Ruben and Ivy Sên*,1925)

《北京往事》(*It Happened in Peking*,1926)

《云南一隅》(*In a Yun-nan Courtyard*, 1927)

《苏州河畔》(*By Soochow Waters*,1929)

《稻米》(*Rice*, 1930)

目 录

初识东方

(代前言)

能够四处旅行——走在别人踩出来的小路上并乐在其中,是一种多么了不起的经历啊。世界上还能有什么像探索陌生的世界这样给人带来无穷无尽的乐趣?看到不熟悉的植物,风俗迥异的陌生民族,然后意识到那是大马士革①、喀布尔②、加尔各答③或者广州——这些地方本来对你来说可能永远都只是地图上一个毫无意义的小黑点儿。但是现在——对于你,将永远会是——一个活生生的存在——那是一种强烈的双重满足,因为它不仅拓展了你的视野,同时也满足了你对艺术的需求以及对优美风景的热爱。

我想当然地认为人人都喜爱风景如画的地方。如果我错了,你最好合上我这本小书,换一本其他的书。因为你可能会觉得我有点儿疯狂,我们也难以和睦相处。

我热爱东方——真挚而强烈地热爱——我爱那儿的每一寸土地。虽然偶尔也有些不那么好玩儿的地方,但是那儿的人们总是那么迷

---

① 叙利亚首都。——译者注
② 阿富汗首都。——译者注
③ 印度港口城市。——译者注

人。通常情况下,他们都很招人喜爱,并且无一例外都非常奇特有趣。

我记得在我们到达东方的第二天,我曾经对我的丈夫[1]说:“能够来到神奇的东方,我心中充满感激。”在东方的日子由一天变成了一周,又从一周变成了一月。每过去一个小时,我的感激就增加一分。现在我们返回了伦敦,东方已经成了一种回忆。但我依旧感激,并将永远心存感激。

对于那些渴望却又无法看到东方这块神奇的土地的人,我深表遗憾。对于那些本来有机会去,却并不在乎的人,我强烈地鄙视他们。

我的父亲是一位令人愉快的旅伴儿,是我可爱的少女时代的好友,我们俩曾经计划着一起去东方旅行,但却从未成行。如今我的丈夫和我相伴游览了东方大大小小的城市。每天,越来越深入到这些奇妙的国家,我们就会互相倾诉:“要是他和我们在一起该多好啊!”

我们曾在澳大利亚演出过一段时间,当我们开始担心观众看腻了的时候,我们想到了伦敦——演员们的圣地,但是我恳求绕远道去可爱而古老的英格兰。结果,的确是绕了一个很远的远道。我们不断地被吸引着从一个地方来到另一个地方。由于事务又在日本耽搁了一些时日。因为生病又在印度居住了一段时间。我们游遍了整个东方,直到一年前才返回“家”中,这时我的儿子已经会说一点儿汉语、一点儿日语和不少印度语了。

① 米恩的丈夫乔治·克赖顿·米恩(George Crichton Miln)是她所在剧团的负责人。——译者注

第一章

船屋之旅——穿越野白玫之家

我在船上的帆布躺椅上躺了许久，这把椅子陪伴着我几乎游遍了地球上一半的广袤水域。我试图让自己的思绪再次回到那幽暗寂静的夜上海。记得那晚，我是从上海剧院乘车来到运河边的。就是这条运河，将载着我们前往真正的中国——中国人自己的中国，而绝非已半欧化的上海。万籁俱寂的深夜，耳边只听得到马车碾轧地面时吱吱嘎嘎的车轮声。空气中弥漫着一股浓郁醉人的中国花香。皎洁的月光将路面涂成了银白色，与紫藤青黑色的身影交织相映，织就了一幅绝美的锦缎。

几周的艰辛之旅终于结束了。整个炎炎夏季，我们都在咬牙坚持演出，现在我们可要稍微放松和休整一下了。这是一次非常值得期待的休假，其实忙里偷闲的日子向来都是那么甜蜜惬意。我现在回想起来，心情就如同即将要踏入异乡的瑞士人回头张望故乡那高高耸立的雪山一样。我们无法忘记这段辛苦劳作的岁月，当然我们也能回忆起忙碌的生活中那些自由自在的可以大口呼吸新鲜空气的闲暇时光，尽管有时它们想从我们身边偷偷溜走，可还是会被我们紧紧地捉住不放。

中国的版图上纵横交错着许多条运河，就像橡树叶子上布满了的脉络。每一个古老原始的民族都有自己偏好的旅行方式，中国的旅行家则喜欢乘坐船屋、帆船或者舢板。欧洲人要想深入中国腹地，照理就应采用中国人自己的旅行方式为好——实际上走水路也是唯一可行的深入中国内地的交通方式。

有一天，我们同一个活泼的小伙子一起用晚餐，他就居住在上海。

席间我丈夫提起了我有喜欢游历古怪地方的癖好，还跟他说起我是怎样只身一人去了香港（在我之前还没有任何一个欧洲女性曾到过那里），如何在午夜潜入印度加尔各达以及其他诸多荒唐事。当年我曾由于这样的冒失妄为而受过狠狠的指责，但也留下了甜美的回忆和无穷的乐趣。

布朗先生问我："你是否愿意乘坐船屋经运河进入到欧洲人几乎从未深入过的真正的中国呢?"

听到这个建议，我兴奋地跳了起来。然而，有两大困难摆在我们的旅途前面。第一个困难是，一周之内我们要连续演出六晚。第二个是船屋太小了，只有一个船舱。我身为女性自然可以撒手不管，他们几个男子汉则克服了这些困难。我的丈夫也答应给我们放个短假。布朗先生建议他们俩睡在甲板上，如果天气实在太冷的话，可以把一张幕布铺在小小的船舱里。马上就要动身了，我也越来越期待。

大约凌晨一点，我们到达了小船停靠的地方。这是一条很有趣的小船，就像是用一个巨大的板栗雕刻而成的。月光皎洁，那些躺在甲板上衣衫褴褛的苦力水手们的面容清晰可见。他们就是我们的船夫。船上只有两个佣人——厨师和布朗先生的"男仆"。布朗先生的"男仆"一人身兼杂役和总管二职。他们都候在一旁，等着我们差遣。他们赤裸的双脚隐没在河岸边凌乱的杂草丛中，漂亮的长辫子用红线绳系着，穿着刚刚洗过的蓝色长袍（全世界的人都觉得那像长围裙一样）。

再一次有人问我会不会害怕，是不是真的想去。接着我们的马车就原路返回了，我们也都上了船。

船夫收起了锚，撑起长长的竹竿，我们就这样开始了月色中的黑暗旅程。晚饭之前我们在甲板上站了一会儿，独自沉浸在黑夜之中，与中国相伴。我倚着栏杆，想到自己是在中国唯一的欧洲女性，那些在香港和上海的都不算，不，在厦门的那些也不算。而我正一步步走进这个神秘的国度。

布朗先生邀我到下面去。多热情的主人啊，可是船舱却小得可怜。舱内有一张比我现在的书桌稍小一点的桌子，四周放着几把椅子，一端有一张窄床。这就是全部的摆设。不，并非全部：窗边还悬挂着红色的窗帘，椅子上还铺着垫子，我那张床上还有绸缎面的鸭绒被。噢，还有一瓶鲜花！这时，阿龙端来了晚餐。

我们吃了一小块馅儿饼，味道一点儿也不比朗廷酒店做的差。还吃了一个煎蛋卷，这个好手艺的厨师居然在里面搅拌进了一些鹅肝酱。另外还吃了些鳀鱼三明治和沙拉。男士们喜欢小口地品尝兑了水的威士忌，我则喝了些香槟。我们聊了些轻松的话题，但只聊了一小会儿就觉得浑身疲倦。我到甲板上看了一眼那月色中的河岸和那些样子怪异的船夫，就向他们道了声"晚安"下去了。阿龙已经把剩下的晚餐端了出去，并且把那一小块红色的幕布放了下来。显然，他已经仔细地搜索过我的包了，从里面拿出了我的睡衣。我换上睡衣，把灯熄灭后，爬上了我宝座一样的小床。没错，那一刻我就像一个女王一样开心得意。

我发现当地人对那些面无惧色地走到他们跟前的人都很热情。但是这也意味着如果有不好的事情发生到我们身上，那些船夫的举动就难以预测了。夜一片寂静，月光照亮了四周，听不到一丝树叶的摇曳声。然而有两种声音却在不时地打破这种寂静。这就是当我们路过一个寺庙时，传出来重复而单调的鼓声以及僧侣们粗糙洪亮却极不协调的祷告声。接着我们迎面遇上了另外一艘船，我们的船夫用汉语大声叫嚷着："让路，让路，我们船上有尊贵的外国人。"我掖了掖身上鸭绒被的被角，让全身更舒适一些，又躺了下去，并陶醉在"尊贵的外国人"这一足以令人沾沾自喜的称呼中。这时，一丝甜甜柔柔的烟草味儿从甲板那边飘了过来，这种感觉就像听到了丈夫和布朗先生最后道的那声"晚安"。我安心地入梦，醒来后发觉那淡淡的香味儿已经渐渐漫过我的脸庞。我才知道这是野白玫的花香，是中国给远道而来的我的一份见面礼。

第二天早晨我醒来时,阿龙早已把我睡的船舱弄得很亮了,东方人也许很难理解欧洲人心中私人卧室的不容侵犯性。

"睡得好吗?"他用非常蹩脚的英语问道。"您是愿意我把茶水端到甲板上来呢,还是更愿意坐在床上喝?他们都到甲板上洗漱去了。"

我坐在床上喝了茶,然后把他哄了出去。黄色的茉莉花把船舱点缀得格外温馨,这是一个船夫游到岸上采来的。我穿好衣服,却发现靴子不见了。最后我还是在船上的厨房里阿龙那儿找到了,可阿龙死活不让我拿走自己穿。我不得不回到船舱让他帮我穿上,扣好纽扣。他还想帮我梳头,但被我推辞了。

一整天,我们走马观花似的见识了中国人生活中的种种细节。有一个地方大叶的烟草几乎长到了河岸边。种植烟草的苦力好不容易有空喘口气坐下来歇歇,正抬头望着我们。看到烟草并不是由美国黑鬼照看着,我很是吃惊。一场突如其来的大雨把我们赶到了船舱里,那些苦力们也都急忙披上了古怪的雨衣。这种雨衣是由又长又粗的杂草编织而成的,但是却能确保衣服不被淋湿,而且这些雨衣穿着还很轻便。眼前这副情景使我不由得想起一首童谣来:"乞丐来到了我们镇上……"

早饭好了,法国人和中国人煮的咖啡是世界上最棒的。中国人都是很出色的厨师,我们的这位是从"上海俱乐部"临时请来的。如果一个厨师不是艺术家,那简直就是一种罪过,而他就是这样一位艺术家。他的鲜鱼做得实在太好吃了,而他用鸡脯肉、番茄、蘑菇和橄榄混在一起做出来的菜简直就是人间美味。中国的水果也是美味之极(我们这顿早饭的压轴内容无疑也是水果)。在中国以外的其他地方,你是绝对吃不到这些的,因为中国的水果就像中国人一样,对自己的故土有一种忠贞不渝的热爱。比如,虽然在修道院花园也可以买得到荔枝——干荔枝,但是味道却跟在中国卖的那种绿中透粉的大颗鲜荔枝相差甚远,就如同你在劳瑟商业街能买到的佛塔玩具模型跟广东高大的佛塔建筑无法相提并论一样。早饭过后,我特意去找厨师,希望能和他交个朋友。他正蹲在煤油炉旁边，奇异的蓝色火苗令这个七英尺长六英尺宽的厨房看起来就像一个小小的“蓝洞”[①]。它在这个黄皮肤的中国人周围形成一圈淡紫红色的光晕，把他变成了一个活生生的魔鬼。他对我的造访并没有显得格外热情，煤油难闻的气味也让我恶心，于是我又返回了船舱。

雨停了。我们走到甲板上，正好看到十几个穿着阔绰的中国佬聚在一座古老的佛塔下。我想它被称作“龙华”，有着悠久有趣的历史。我们又经过了一亩亩高低起伏的稻田。一些稻田里，男人、女人和孩子们都赤脚站在及膝深的水中。离了这些水，稻谷就无法生长。接下来我们路过的这个繁忙拥挤的城市有些特别。我们正航行其上的运河看起来像是这个城市的主干道。店铺和民房杂乱地拥挤在一起。房门都敞开着，过路人能够一览无余，处处充满了生活气息。这些房屋都是由砖、泥、木头和竹子建造而成的。尖尖的屋顶上覆盖着杂七杂八的东西：草席、破碎的花盆、杂草、瓦片，多达五十多种。几乎一半的屋顶上都有小孩儿在玩耍或者睡觉。有一间店铺里，一个头戴镶有红色顶珠的帽子的清朝官员正在买东西，而他的七个随从则在店外候着。其中六个人抬着圆圆的竹子做的伞状物，剩下的一个扛着他的旗子。我们又经过一个著名的寺庙，在那儿逗留了一会儿，仔细观摩了外墙上的一个浮雕佛像。佛像上面涂着中国的调色板上所能找出的各种颜色。

接下来的两天两夜，我们穿越了“那个对我们来说是崭新的古老王国”。我没有足够的篇幅，哪怕只是非常简短地提及我所看到的一半的奇迹。我的笔必须略过很多我将永远铭记的东西，但是不能省去对我们的酒窖的简短描述。我们的船屋后面拖着三根绳子，它们低低地垂在水里——一根系着一瓶啤酒；一根拖着一瓶重重的红葡萄酒；

---

① 蓝洞位于塞班东北部，是举世闻名的洞穴潜水池，被全世界的潜水者视为必游的圣地。——译者注

另外一根由于拴着一大瓶香槟而深深地沉入清凉的水流中。一个中国的半大小伙子专职看着这些绳子和一个悬挂在船侧的装满了苏打水的草袋子。如果拉上来一瓶的话,将会再放下去一瓶,这让我们所有的酒和饮料都有沁人心脾的清凉。

第三天早上,我们要上岸了。我不得不先从一排厚厚的竹竿上走过去,这些竹竿是他们从甲板上扔到岸上的。我就像一个小脚的中国上流社会的名媛闺秀一般摇摇摆摆地走了过去。要不是布朗先生在岸上,我的丈夫也在船上紧紧地扯着绳子的两端,恐怕我早就掉进水里去了。我一只手紧紧地抓住绳子以保持平衡,最后终于踏上了河岸。

我们还有好长一段路要走——那段通向中国群山的路。罗马人就坐在那些群山之巅,登上了"王位"。我这么说,是因为我们要去的这所大教堂是由一位著名的罗马天主教高级牧师负责的。我们大约走了1/4英里,奋力攀过岩石,穿过缠绕在一起的花草和灌木丛,眼前突然出现一片飘香的梦幻海洋。我们已经来到了野白玫之家。

18年前,在海德尔堡①,我的父亲曾发现并摘给我一大束野白玫,那是我们所见到的第一束野白玫。尽管威廉·布莱克②描述过英格兰的野白玫,我的父亲再也没有见过其他的野白玫了。而现在,我的脚下就是一片长满了野白玫的原野,它们就像没有融化的雪花儿一样躺在中国夏日的怀抱中。我们继续前行,翻过几座小山,路过了三四个农家庭院。没有人企图骚扰我们,他们甚至都不认真看我们一眼,尽管他们对欧洲人几乎一无所知。或许这就是所谓中国人不可动摇的大国尊严。

我感到有些疲惫,这时一个正在剥玉米的女人递给我一瓶牛奶。

---

① 德国西南部城市,在莱茵河右支流内卡河畔。——译者注

② 威廉·布莱克(William Blake,1757～1827),19世纪英国浪漫主义诗人,主要诗作有诗集《天真之歌》《经验之歌》等。——译者注

但是当我那两个男性同伴暗示她他们也是又累又渴时，她却皱着眉，摇了摇头。你看，谁还能说东方的女性没有得到真正的解放呢？

到达半山腰时，我们停下了脚步，眺望整个中国。绿色——绿色——绿色！稻米——稻米——稻米！这个国家的粮食正生长在这个民族的土地上，那儿有世上每一种深深浅浅的绿色，每块农田之间都界限分明。天空晴朗无云，就像意大利的天空一样澄澈纯净，我们能够看得很远很远，直到天尽头的地平线，那儿绿色的农田和蔚蓝的天空交汇在一起，调和出一种美得难以形容的动人的灰色。

我们又来到了一个小礼拜堂，门口有一尊耶稣受难像。再往上走就是白色的大教堂，那种在巴黎或维也纳的街道上似曾相识的教堂。顶端巨大的金色十字架在正午的烈日下就像两条交叉的彩虹一样闪闪发光。

我们请人把自己的名片转交给神父们，然后就在礼拜堂内等候。墙上悬挂着经文（这些经文都是用汉字写的）和用中国人的视角对圣经解读出的图画。约瑟夫要比圣经中的约瑟夫显得高大许多，留着中国男人的长辫子；玛利亚也裹着小脚，穿着中国女人那种肥大的裤子。我不由地感叹，全世界的罗马教堂对她所要感化的民族做出一定的让步是非常明智的选择，她把教义都改编成了她的听众们最容易理解的语言符号。

我们的信使终于回来了。神父们正在静修，此刻肯定不能见我们，尤其是不能见我。但是他们中级别最高的那位神父非常友好地请我坐上他的“椅子”，让两个苦力把我抬上了山，一直抬到大教堂。到达山顶之前，我再三感激他的礼遇，因为我丈夫他们发现爬过这段山路非常之艰难。陡峭的台阶由岩石铺成，真可谓是一次典型的通往十字架的旅途。最开始的台阶向右上方伸展，直到一尊用粗糙的石头雕刻成的神龛，这就是第一站。接下来的台阶又向左上方延伸，直到出现下一尊神龛，成为第二站的标志。下面的台阶又向右上方延伸，然后又有台阶向左上方伸展。如此来回正好 12 次，每一站尽头的神龛前都点燃着一盏圣灯，这些神龛里雕刻着从任何一本有图解的罗马天主教祈祷书里都可以发现的图画。最后一站的尽头，三级宽阔平坦的台阶会带你进入一座美丽的大教堂。那里没有成排的靠背长凳，只有一些垫子铺在嵌花的地面上。巨大的建筑里空荡荡的。大理石砌成的水池中盛着圣水，在虔诚的手指间静静地流淌。圣坛背后的绘画非常精美，不禁让我想起矗立在蒙特利尔大教堂高高的圣坛上那令人赞叹的玛利亚肖像。

我们在那间清静而空阔的神殿逗留了很长一段时间，小声谈论着罗马教会的伟大业绩。她的牧师们实际上并没有真正彻底感化过任何一个中国人，并且他们自己也很清楚这一点，但是他们仍然坚持着，不惜花费任何代价，不计一切后果。因为他们坚信如此几代人之后，他们会让罗马天主教的思想深入到中国人的生活中去，只有这样，对中国人真正的感化才有可能实现。我并非一名天主教徒，但是随着年龄的增长，旅行渐远，我对罗马教会的崇敬就越深。她曾派遣慈善修女会到过古欧罗巴的战场。她还提倡艺术和文学，如若没有她，它们一定已经消亡殆尽了。她的先驱们总是涌现在人类文明教化事业的最前沿。

返回船屋时，夕阳已经落山了。我们迫不及待地扑向餐桌准备大吃一顿。早餐过后，我喝了一杯牛奶，热情的牧师们也在教堂外的花园里给我们提供了一份清淡的午餐。我们今天至少翻越了八英里的山路，男士们都是徒步上下那些通往教堂的又长又陡的台阶，我们早就已经饥肠辘辘了。

饭后我们在甲板上喝过咖啡，就踏上了返程之旅。我试图用画笔永远留下这绚丽的落日，这简直就是痴心妄想！每种颜色都那么难以琢磨，在我还没有把各种色彩调和到令我觉得满意之前，红色就已经融进了橘红色，暖暖的紫色也已经褪成了冷冷的绿色。往下游行驶了大约一英里，从运河进入了空阔的湖泊。我们在那里逗留了一会儿，观看一种新奇的钓鱼方法。湖中心停着三四艘舢板，静止不动。每艘舢板里都有两三个中国佬，但真正捕鱼的却是巨大的鸬鹚。每人有两只鸬鹚，鸟儿们的一条腿上都系着长长的细绳。绳子的另一端拴在中国佬的手腕上。每只鸟儿的咽喉部位都有一个金属圈，以防止呆会儿它把捕到的鱼儿吞下肚去。这些鸟儿停在舢舨边上，目不转睛地凝视着湖水。突然，其中一只冲入水中，又立即飞了出来，一条银色的鱼儿在它那张冷酷的大嘴边若隐若现。鸬鹚从来不会失手。然而，要让它们放弃口中的猎物，还需要进行异常激烈的战斗，那些鸬鹚的主人手上好多处都被划破了。小船满了，他们就把船撑到岸边，鸟儿被带到离舢板较远的地方，它们脖子上的金属圈也被取了下来，主人这才扔给它们几条它们最擅长捕捉的小鱼。我还没有看到过比中国的捕鱼鸬鹚更加怪异、新奇的东西呢。

一个小时之后，天色依旧透亮——我们经过了一个中国小镇。一座别具一格的桥横跨运河之上，上面挤满了人。此时正是中国人休憩的时候。中国人(地球上最忙碌的人)什么也不做，只是在那儿尽情地享乐。他们都在讲话——他们的语言一点也不悦耳，却极具特色。

我听说过太多关于中国人对抗欧洲的事情了，但是我从来没有亲眼看到过。有些朋友曾经告诉过我，他们是如何在千钧一发之际从中国暴民的手中逃脱的，以及中国人对他们那些令人作呕的辱骂。然而我的经历却截然相反。我曾独自一人让黄包车车夫拉着走遍了香港南北，也曾深入到旧上海的腹地，我还曾跟另外两个欧洲人一起，站在众多的广东人中。他们都对我谦恭友好，绝无恶意，尽管有时也善意地笑话我。在广东，一个女人曾蹑手蹑脚地走到我跟前，用手抚摸着我的裙子，感受它源自欧洲的陌生质地。在上海，一个女人乞求我给她一副手套，用一枚戒指作为交换。我还收到过来自中国各阶层的人的很多礼物，都是他们主动给我的，不需要任何回报。当我们经过一座红色的大桥时，一个女孩倚着栏杆，把一束美丽的石楠扔到了我的怀里。如果向别人提起我在中国的日子，我一定得说，在那里我感受到了一种长久的友好。因为一个成熟女性本不该去计较这些琐事——当我坐在船屋的甲板上时，六七个中国小孩冲着我喊“La-le-lung！La-le-lung！”意思就是小偷，骗子；还有其他用诸如此类的话作为对我的问候语，一个男孩跟在我们的后面喊：“番鬼！”就是洋鬼子的意思。但是这个小男孩那讨人喜欢的天真坦率是无国界的，不可能在中国的大门前就停下脚步。并且，我一向觉得小男孩是世上最有趣的动物，我甚至可以原谅他比叫我“洋鬼子”严重得多的恶行。

我们并没从几天前夜里登船的地方靠岸，而是顺着苏州河的入口一直往下游驶去。当地居民的房屋有着怪异的通风墙，无比杂乱地拥挤在一起。每个中国建筑物的房顶都像古船的船头一样高高地翘起。我一直希望能有闲暇时间去研究中国的建筑，我曾听到过几条讲述其独特性的学说，简直有趣极了。

在拥挤的船只中奋力穿梭，终于进入了清风拂面的开阔水域——我们来到了江面，开始返回港口。

我们返回了上海，愉快的假期也随之而结束了。我会一直保留着对布朗先生美好的回忆，记住我们曾一起乘坐船屋穿越野白玫之家，这是我一生中最愉快、最奇特的一次经历。

第二章

上海的一家大烟馆

上海分为新旧两个部分。新上海由三个西方强国统治。一部分地区的上空法国的三色旗正迎风招展;另一部分飘扬着美国的星条旗;还有一部分地区则高高悬挂着英国米字旗。居住在新上海的中国人或多或少都被欧化了。有些人满口的“洋泾浜”英语,有些人则讲着古怪可笑的法语。他们从各个方面尽力适应着那些白种人邻居们。我在上海曾和一个中国人一起吃饭,他用起刀叉来已经十分娴熟。新上海下等的鸦片馆已不再像旧金山或者墨尔本中国城里那些典型的大烟馆一样了。为了满足和适应欧洲人的习惯,它们已经有了很多改变,最多只能算得上是半中国化的。

在旧上海,情形就完全不同了。从豪华的欧洲俱乐部往前行驶几英里远——很短的距离,就几英里,从马车上下来后,你就会看到一个好像无法通过的竹桥。不用理会那座竹桥,穿过古城墙的大门,你就会来到中国!真正的中国!在这个古老的中国,祖先的习俗保存良好,一切都没有什么变化。在你穿过那个大门时要有足够的忍耐力,一定不要被那些肮脏狭小的街道吓倒。飘扬在你们领事馆上空的旗帜并没有在这些地方投下任何庇护的影子。

晚上,旧上海就对欧洲人关闭了。但是有一个晚上,因为得到了特许,我们在三个普通清朝官员的陪同下,进入那里。这些官员所戴的帽子上镶着白色的顶珠。或许我应该再补充一句,晚上到旧上海去,这种行为其实是被我们的领事所禁止的。

我们观察了几家鸦片馆。在奢华程度上它们虽各不相同,但有一点是一致的,那就是和我们在新上海以及西方的“中国城”里所见到的

旧上海的城墙

一切都有着天壤之别。

在我们去过的旧上海最简陋最低等的鸦片馆里，有一些长长的板子摆放在木头或者竹子做的支架上，每间隔一个的支架都要比相邻的支架稍高一点儿，这样就形成了一个斜面。吸食大烟的人就躺在这些倾斜的板子上，他们的头枕着比较高的那一端，脚放在矮的一端。头底下垫着当地常用的那种又硬又小的枕头。每两个鸦片吸食者之间都有一个很小的用竹板做成的分隔间，用于存放那些妨碍他们放纵消遣的东西。

吸食鸦片是不是一件很放纵的事情呢？是的——如果吸食过量或者在不当的时间吸食。但是我在东方已经居住了这么久，我不得不相信鸦片在东方的经济生活中有着自己的一席之地，并且是不可或缺的地位。我们如果想让亚洲人放弃吸食鸦片简直是痴心妄想；我们的这种努力也非常荒谬，最糟糕的是，令自己显得荒唐可笑。

这家大烟馆比较安静雅致，空气中弥漫着浓重、独特、令人愉悦的甜味儿。吸食者正陶醉于鸦片带给他们的异样的兴奋状态。但是他们的行为举止都比较规矩，并不令人反感。如果他们沉迷的是威士忌，他们会不会也是如此呢？几个小时之后，他们将会重新挑起贫困生活的重担，暂时的休息并不代表萎靡不振，酒精或许就不会让他们如此相安无事。

我们刚刚经过的外间屋子显然是用来赌博的。如同他们经常会用鸦片来麻痹自己的神经一样，中国人也经常会玩一些复杂的投机游戏来振奋精神。

有人问我中国女人是否也吸食鸦片。我相信她们的确也吸，但并不普遍，而且也不会过量吸食。当那些小脚女人被缠足的时候，我想那时她们会比其他任何时候都更需要鸦片来减轻痛苦。

鸦片并没有麻痹全中国国民的神经。欧洲人难以在讨价还价中占据中国男人、女人甚至孩子的上风，这足以成为一个明证。如果亲身游历过中国而且不是故意视而不见的话，就决不会认为鸦片在中国的普遍使用削弱了国民的健康。

我们驱车回家时，我感到我们根本不是带着优越感去猎奇，而是窥视到了一个奇妙的民族真实而有趣的生活。

晚餐时，我们受到了领事的警告，他对我说：“如果你继续这样深入探求东方的生活，上山多终遇虎，你会吃大亏的。”但是我从来没有遇上过。

我对英国人关于鸦片问题的最终态度以及由它所引发的其他一些重大国际问题一点儿也不了解。我太懒惰了(或者也可以说我太明智了)而不愿意去为那个困惑了许多智者一生的问题尝试某种快速的解决方法。但是我明白人类的某些利益正遭到威胁，人道主义要比国际主义重要得多，因此，我冒险重提这个老套的话题。

鸦片对亚洲人来说曾经是一个了不起的福音，现在仍然是。的确，在东方有时它被过度滥用了。然而，在西方，与此类似的事情有时也发生。我知道英国人由于过度食用烤牛肉和约克郡布丁而生病；意大利贵族因为不断地过度食用通心粉而变得体态臃肿；意大利农民因为吃黑面包和大蒜而变得格外肥胖。

一些中国人和印度人过量食用鸦片，但是(我们必须要考虑到这两个国家庞大的人口数量)他们只是特例，并不是普遍现象。东方人天性温和。他们总是懒洋洋的，倦怠和无节制毫不沾边。在印度的英属海峡殖民地，或者在中国，苦力吃过大量的米饭和咖喱之后，就勇敢地出去做工了。咖喱是一种良性的刺激物，它不会致醉也不会上瘾。几个小时之后，苦力就不太愿意干活了，但是他的工作连一半都还没有做完。他用手摸索着肮脏的裤腰上某个隐秘之处，掏出一个泛黄的小球，大约有一个大药片那么大小。这并非鸦片，但是里面含有鸦片。他把它放在舌头低下，便不觉得困了，反应也不再那么迟钝了，感觉工作也变得轻松了许多。而且他也不必再为晚餐犯愁，晚餐的米饭看起来不再遥不可及。大烟泡(更准确地说是一个小球外表包裹着鸦片，大烟泡是一种口语化的通俗叫法)令他的肌肉暂时变得强壮，就像他那坚忍的东方灵魂一直所希望的一样。当鸦片的效力逐渐褪去时，他的活也该干完了，咖喱和米饭也都为他准备好了。他可以回家吃饭了，回到他那温柔顺从、容易满足的女眷那里。他并没有因为这个小小的嗜好而受到丝毫的伤害。可如果他继续带着刺痛的神经和发抖的四肢饥肠辘辘地工作，那必将是令人痛苦难耐的肉体煎熬。

同时，我也承认东方民族有时吸食鸦片的数量足以损伤他们的身体，令他们蒙羞。但是这些人只占微不足道的比例。欧洲人有时也选择愉快的方式自杀，用氯仿[①]把自己带入永恒的安息。我们是否应该为了他们愚蠢的生命(或者我应该说是勇敢的生命，如果我愿意同时持有这两种相反的观点的话)——为了他们的生命利益，把氯仿彻底清除掉，让我们医院的手术室如同60年前一样处处充满地狱般的恐惧呢?

我心里一直提倡给我们自己的工人阶层提供适量的鸦片。我没有这么做是基于如下三个原因。首先，我只是一个默默无闻的普通女性，写作方面也尚未成名，有谁会仅仅因为我既热爱亚洲同时也希望欧洲会更好而听从我的建议呢? 其次，我是一个道德上的胆小鬼，面对我们民族的傲慢我退却了。最后也是最重要的一点，我怀疑我们民族的穷人是否可以像东方民族一样被如此信任。判断一种药品是福音还是噩梦，要看对它的使用是否明智。自我否定长期以来一直是东方子民的天性。我们盎格鲁-萨克逊民族的穷人却会把自己酒杯里的液体喝得一滴不剩。

有一天，我去大英博物馆，打算详细查询一条东方法律的确切内容。不幸的是，我看到了一本传教士写的令人郁闷的书。我批评这本书并不是因为作者的职业，而是因为它传递出的狭隘思想以及对标题所述内容的严重无知。对了解并热爱东方的人来说，其中最令人震惊的是作者竟然严肃地建议通过诱使中国人大量吸食鸦片来达到征服

① 氯仿是三氯甲烷的俗名，有毒，可致命，但也可用作麻醉剂。——译者注

“邪恶中国”的目的。在欧洲，一些为人所不齿的罪行有时是将受害者灌醉后发生的。但我相信大多数基督徒更赞成发自异教徒内心的自愿皈依。

我们要么就说出亚洲的真相，要么就应该保持沉默。至少我们应该对印度公平一些。很多对这些英国女王陛下的黑皮肤臣民们来说至关重要的问题，我们却一无所知。这些问题和他们的家庭生活、身心健康密切相关。如果我们由于过于懒惰或者太无动于衷而不愿采纳唯一适当的方法——我的意思是应该满怀同情地长期居住在印度来潜心研究这些问题——否则就让我们以人类的仁慈以及盎格鲁-萨克逊的伟大正义的名义，还是适可而止吧。

有两种人不应该被允许写作，或者说绝不能允许他们的作品出版。在我们这个领域，每个人都知道，如果一旦分配给我们的“国王陛下”——舞台监督一个角色的话，那么这个公司就真的陷入困境了。以此类推，这也就是我为什么强烈建议编辑除非是写致谢函或者“请把这篇有趣的文章由三段缩减为一段”，否则永远都不要饱蘸墨水，下笔千言。

关于从事写作的编辑，我只敢说这么多了。关于从事写作的传教士，请允许我再多说一些。他们为什么当传教士？作为传教士，他们的目的又是什么？我没有投入足够的精力去研究这两个问题，我也并非是出于过度同情才问这些问题，以期从回答中得到正当的理由。如果可以，19世纪必须自我拯救，盎格鲁·萨克逊民族过剩的人口必须通过许多有争议的职业而在异乡寻找缓解的办法和生存的空间。

关于传教的问题我不愿多说。但对那些书写关于东方人和东方习俗偏颇无益的文章——而不是那些狭隘的宗教小册子——的传教士们，现在，我要在此向他们宣战。

传教士来到亚洲，或许是想献身于他们所追随的“伟大事业”，或许是为了改善自己的生存条件。但至少在一件事情上他们是忠诚专一的——在对东方宗教的谴责上。关于这些宗教，其实他们一无所知。但是这些传教士或许也不像他们表面看起来的这么不理智，尽管他们甚至希望当地人也可以像他们一样谴责佛教、儒教，以及其他上百条他们甚至都不知其名的教义，然后在毫不知情的情况下盲目地接受基督教。我并不是在谴责这些基督徒。我们所有人都会这样，虽然都是尽我们所能地去敏锐地思考，但我们的想法总是会被身处的环境和自身的能力所限制。

我与传教士之争只是个私人问题。我反对的是他们对东方人追求生命永恒的生活方式的无知。

我现在大英博物馆读书，阅读是为了增加我对自己所钟爱的东半球的知识。我从书目中选择了 13 本书。借完书后，我回到自己的座位上。其中 12 本是传教士写的，里面充满了荒谬偏颇的话语，我自己有限的那点知识都让我难以继续阅读下去。

一个把毕生的精力都投入到微生物研究中的人不会在他退休之后凭借详尽论述证据法[①]把他的事业推向顶峰；一位出色的检验师也不会年过花甲再去写一本关于髋关节病的书。我们生活在一个高度专业化的时代。但是传教士，至少热爱写作的传教士则是个特例，然而他们的作品只是泛泛而谈，毫无闪光之处。

一天，我碰巧看到一本书，或者更准确地说，它碰巧遇上了我。此书的作者非常值得尊敬。这是一本极精彩的极富创造力的大杂烩，里面记载了玉石雕刻术、地质研究以及基督教在锡兰的历史。它一定会激怒那些对神圣之物漠不关心的狂热宝石商。当然，这种人也有必要被激怒。但是，我认为这本书同时也可能会令那些笃信宗教而非博学多识的读者感到尴尬和困惑。

其实我并不讨厌传教士。我在印度遇见过一些颇具魅力的人，其中很多都是传教士。尽管在一些敏感问题上我们势不两立，可我仍有无数理由对他们的心智言行表达敬意。

---

① 证据法是法学术语，是现代法学体系中的一个重要组成部分。——译者注

我在苏巴都(Subathu)的麻风病人收容所逗留了很长时间,从管理收容所的传教士和他的妻子那里学到了很多东西。他们一定能够写出一部非常有趣的书!——因为我确信他们的品质和声望使他们不会去描写那些他们不甚理解的事物。我也相信他们有很好的文学修养,一定不会写出一本西方神学和不相关的东方主义的混杂体。他们俩的文笔也都很好,我曾经收到他俩的来信,非常有趣。

但是那些从事写作的传教士们,那些只知道某件事情的皮毛就在书中肆意捏造诸事之人,应该让他们永远保持沉默。

第三章

香港记忆

香港最能代表中英两个伟大民族的所有特点，它是无数中国人的家园，也是许多英国人的聚居地，但是这两个民族彼此之间却有很大的隔阂。

在香港居住了几个月之后，我得出这样一个结论：再没有其他两个民族，特别是当其中一个属于东方而另一个属于西方时，会像英国人和中国人那样彼此相像。英国人是典型的西方人，中国人是典型的东方人，但这毕竟只是地域问题。地域色彩会影响国民日常生活中的很多细节，但是还不至于摧毁或构建一个民族的伟大而基本的性格。

中国人和英国人有很多共同点，他们都一样地不屈不挠、勤奋、勇敢、坚韧不拔、骄傲、精打细算、热爱法律和秩序、遵循传统、对新事物持怀疑的态度。他们也都喜欢马，他们的祖先都曾经以狩猎为生，都对投机着迷——有时甚至过于沉迷。他们都尊崇等级制度；都崇拜天才；都非常关照女人和孩子；都创造出了伟大的传世文学作品；都有发达的科学成就；都憎恨对他们权利的哪怕是微乎其微的侵犯——无论是来自个人还是国家；都不轻易动怒，也不轻易息怒和宽恕。他们对衣着的品位都不是特别高。诸如此类，他们还有着成千上百条相似之处。

如果说英国人是生活这张帆布上严格而坚韧的铅色线条，那么中国人则是单调而耐用的蓝色轮廓。但是中国人却有着更加生动如画的生活背景。

中国的自然环境绚丽但不温和。中国的建筑非常奇妙，但通常略显粗糙。这两者相辅相成，却互相得以缓和。正因为有着一条条铺满了美丽藤蔓的悠长小路，那些险峻夺目的风景也变得可爱甚至柔美起来。那茂密的草丛和整齐柔韧的竹林，那铺满了野白玫的大地和错落成丛的野菊花，哪怕是奇异的蒙古式建筑，也因为有着像雅致的帐篷一样的古老轮廓而变得异常美丽，并和周围的景致出奇地协调一致。

世界上没有哪个城市像香港一样拥有如此得天独厚的地理位置。实际上，并没有一个城市以香港命名，而是这样一个城市被习惯地称作香港。这个小岛的名字才是香港，岛上唯一的城区叫做维多利亚，但是人们一般还是习惯称它为香港。因为用中文称呼一个中国城市要比用英文合理得多——尽管英国的国旗正飘扬在城市的上空——就让我们暂且遵循习俗而忽略现实吧。

太平山之于香港，无论从自然景观角度还是从社会文化角度都算得上是锦上添花。每当大片的蕨类植物又一次让美丽的太平山那硬朗的轮廓变得缠绵起伏，这个小岛的美丽就达到了极致。在托帕石[1]一样的绿叶映衬下，蔚蓝色的天空也显得格外澄净。生活在这个小岛上的欧洲显贵们就住在最靠近太平山的地方，乘坐由苦力抬着的椅子下山到香港的大街小巷。太平山称得上是定居香港的欧洲人的大救星，至少从气候上可以这么说。当欧洲人无法忍受山下香港市区的高温时，他们就会学着当地权贵的样子，登上太平山，享受那里的清爽和凉快。但是这些生活在香港的盎格鲁权贵们绝不会乘坐抬椅上山，这好像已经成了一条规则；他们总是乘坐缆车上去，那要快得多，而且如果我没记错的话，只需十个铜板！

关于太平山，还有一点不得不赞美一下。在亚洲，欧洲人往往自豪于他们在美食方面的三大成就。东方的旅店，大多千篇一律，乏善可陈。但也有例外，而这些特例中，有三家旅馆是欧洲人建造的。在太平山顶，就有一家算得上一流的旅馆，由一个总是面带微笑的美国

① 托帕石又名黄玉。英文为 Topaz，有黄色、绿色、无色、红色等多种颜色，是十一月的诞生石。——译者注

黑人管理。

我们刚到香港时，正赶上下大雨。但是能够踏上坚实的陆地已经令我雀跃不已，即使它已经被雨水浇得非常松软泥泞。

饶舌的苦力和上千只舢板簇拥在我们的小船周围。这些舢板看起来异常干净并且透着一种无法描述的古怪。女人们站在上面用长长的竹竿以一种非常巧妙的方式推动它们前行。她们都穿着一色的蓝裤子，大口袋一样的黑色长裙式上衣闪亮如同油布，也都佩戴耳环和玉镯。男人们则穿着样子滑稽的雨衣，戴着细竹条编制的锥形帽子，帽沿儿大得惊人。他们像麻雀一样叽叽喳喳地说个不停。我觉得这比我在上海港看到的场景要更为中国化。不一会儿，一条更讲求效率的小拖船从旁边驶来。保丁先生面带微笑地站在船首，手里拿着一把好看的新雨伞，头上戴着一顶非常漂亮的新帽子。在我们的东方之旅中，印象里每次在一个新地方遇到保丁先生，他都必定会戴一顶新帽子。这是他的一个无伤大雅的嗜好，没有人能说服保丁先生丢弃任何一顶帽子，而且他也决不允许他的帽子被胡乱地塞进沉重的行李中去。我觉得这点肯定让他的马德拉斯男仆山姆欲哭无泪，每次当他蹒跚地爬到船上或者费力地登上火车时，都得提着几十个遮阳帽和盛帽子的盒子，那种虽然耐心但却很不情愿的样子着实让人同情，不过也很滑稽。

遗憾的是我们转乘了汽艇。其实搭乘舢板更符合我的审美趣味，但是时间太紧张了，艺术只能让位于效率。

早饭过后——依然很早——我们向剧院走去。在中国我只听说过两家欧洲的剧院，如果不考虑化妆室的话，这两家剧院都非常好。其中香港剧院在市政厅，又漂亮又整洁。

我们在香港度过了一个相当长的假期。帕提夫人和一个值得推崇的艺术公司共同拥有这家剧院。如果我没记错的话，在进行演出之前，我们等了至少一个星期或者更长时间。于是那几个白天我可以在闲逛中度过，观察这个城市。而晚上，帕提夫人经常会给我们演唱，我们就可以享受到音乐盛宴了。

保丁先生在我到达前已经为我预订好了一辆黄包车和一个苦力。他知道无论我们在什么地方落脚，我总会到处走动的——我从来都闲不住。不如预先帮我低价订好交通工具，那样花费就会节省很多。这儿不可能雇到马车，因为压根儿就没有。当地的行政长官有一辆旧式汽车，好像另外也有人有类似马车的车；再就是很少的几辆狗拖的轻便小车。香港的地势起伏较大，大多数街道需要上很多级台阶，轻便马车在这种地方基本派不上用场。的确，那些乘坐“椅子”可以直接上去的地方，换乘黄包车反而得绕好些路，并且有很多虽偏僻但景致不错的角落旮旯，黄包车是无法带你前去的。我的黄包车车夫叫常林(Chung Lim)，我们是很好的朋友，尽管他一句英语也听不懂，也完全听不明白我说的汉语。他长得特别矮小，但是，噢，他跑起来却快得不得了！我让阿妈和旅店服务员告诉他我并不在乎去什么地方，只是希望到处转转，并且我对中国人居住的区域而不是欧洲人居住区更有兴趣。他明白之后似乎跑得更卖力了，他总是拉着我沿着冗长狭窄的街道跑来跑去，带着我去游览香港，真正属于他的香港。两边高高的建筑看起来弱不禁风，窗外搭挂着居民新洗的衣服。样式呢，一点儿也谈不上有多美观，就是按照最普通的样式简单裁剪，颜色则是纯粹的中国蓝，其实根本算不上蓝色，更接近于暗灰色。每家店铺都敞着门，门上贴着红纸横幅，可以一眼辨明店主的尊姓大名，以及店里所卖何物。

如果我想让黄包车停下来，就不得不发出一种夸张的咕哝声，或者用我的遮阳伞狠很地敲一下常林的背。因为我一般是不带遮阳伞的，所以通常情况下我必须得发出那种咕哝声。把这咕哝声写进自己的经历是一个女性很不情愿的事情，但它却是我那香港苦力唯一乐意注意听的声音。有一两次，我试着发出尖叫声，但是显然他以为我是在唱歌，依旧向前飞奔。咕哝声似乎很接近于他自己以喉部发音的说话方式，因此他理所当然地认为那是我在和他交流思想或者表达一种愿望。

当地人挎着整篮的线香[1]从我身边经过时，我经常会让我的“人马”停下来，不顾常林的摇头阻止，从每个小贩那里都买几支线香。但很快我就发现我的苦力是正确的，从街头买来的这些线香的确质量很差。不过我很快又发现了卖线香的正规商店，从那儿买的细长的线香大都非常好闻。我写作时，点燃的线香火花萦萦、火焰微微，仿佛又把我带回了中国。如果我闭上眼睛，会觉得自己又回到了和常林一起常去的那个怪异的寺庙，印象中它叫“天后庙(Tin How)”。那时我常带一大把线香，分给常林一些，让他在自己喜欢的神像面前点燃。他就会客气地对我说：“请，请。”我想常林一定觉得我疯疯癫癫的，但是他从不会拒绝我送给他的任何一样东西。尽管我固执地在香港当地居民的聚居区流连徘徊，但是我的闯入并没有招来怨恨，当然引起了许多人的惊奇。有时我在寺庙里逗留时也会烧香，形形色色的人聚集在巨大的神像前的奇妙情景，让我很有记录下来的冲动。但更多时候我会在寺庙外散步，摘摘花或者试着和那些在寺庙门口挖土的工人交交朋友。通常我都是坐在黄包车上研究寺院的外观，那对我来说真是百看不厌。屋檐下面的凸雕或浅浮雕，用图案讲述着中国的历史。那醒目的线条，迷人的着色，都令人叹为观止。

墙上挂有很多华丽的画板，写的都是祈祷文或是经文。在房屋穹顶的边缘像是洇染着一圈奇怪的薄层，薄层之下镶嵌着传统的薄壳。再往下就悬挂着由木头或者灰泥做成的窄窄的屏障，刻有神奇的水果、优雅的花朵、叫不出名的鱼等奇异的浮雕图案。这种大概叫做屏障的东西最边缘是一种奇怪的花边状雕刻，就像中国传统的装饰一样，显示了竹子的无穷力量。狰狞的巨龙和超乎想象的大象缠绕在美丽粗大的横梁上作为房椽。从横梁上垂下的硕大灯笼有的是丝制的，有的是纸制的，有的是闪亮的金属片制成的，也有的是竹制的，暗示着

① 线香是祭祀祖先或神佛时点的香。——译者注

华夏大地的温婉柔美。

靠近门口的地方，坐着一个显贵——我分不出是僧人还是商人。他戴着金丝眼镜，手里拿着一个银色的烟斗，在抽大烟。他兜售线香和经文的样子，简直就是以正义和神圣的名义实施抢劫。我猜他无论如何也不会为你祷告的，他卖给你的那种印在红纸片上的汉字写成的经文，只会让你一头雾水！因为那没有任何意义——也许只有中国传说中的神仙才能读得懂。

坐在寺庙台阶上的各色人等表情都非常淡漠。我常常买一个小贩的黄色蛋糕，但那看起来实在也不怎么样。还有那个长相刻薄的老女人，每次我都从她那儿买满满一手绢坚果，我小时候常吃的那种。她总是会在寺庙的台阶上把我付给她的钱币滚动一下，看看我有没有欺骗她。我对她的坚果总是有点儿不太满意。你能想象得出有这么一位女性吗——她相当孩子气——实际上她已经很成熟了，但却越来越孩子气——你能想象得到吗？她半坐半靠倚在黄包车上，当黄包车穿过艰险崎岖的小树林时，她会用力咀嚼着中国花生，在恶作剧般的国际化心理的驱使下自言自语：“难道只有在美国才出产花生，只有美国黑人或者意大利本地人才能炒出好吃的花生吗？”

寺院对面坐着一位算命先生。他在绿树掩映的一块大石头前面摆了张桌子。桌子上铺着一块奇特的布。算命先生用刻了字的竹签占卜人的命运，准确程度不亚于我曾惠顾的任何一位西方算命先生。

我经常找出各种借口在一个中国木匠的院子里逗留，我对他很感兴趣。他是我所认识的中国人中为数不多的易接近者之一。即使在中国居住了一段时间之后，仍然很难直接描述真正的中国人，因为绝大多数中国人什么也不会透露给你，所以，除了极个别的几个，大部分在中国生活了大半辈子的欧洲人对中国仍然一无所知。但是我的木匠朋友，确实让我有机会窥视到了中国的一些实质。他几乎总是在锯木头，他的哥哥几乎总是在嘬着一根细长的烟斗，这个烟斗都快赶上他的身高了。两个缝补阿妈也总是坐在一个低凳上，修补着这个木匠和他的伙计的破烂外套。

“缝补阿妈”是中国的一个团体。伦敦的一家报纸最近鼓吹，说是可以帮助那些会女红的贫穷淑女到别人家里缝补破旧衣衫来谋生。这在中国，已经作为公认的女性职业存在了几百年。“缝补阿妈”的确非常管用。她们坐在你家门外，或者花园里一个隐蔽的角落，一针，一针，一针，一天两个铜币，直到全部缝好，你又可以穿上完好如初的衣服了。中国的女人不如中国的男人缝补得好。只有东方和巴黎的男人，才懂得服装裁制是一个多么高尚优秀的职业。但是东方女人做缝补的更加普遍。

幸福谷是一个美丽的景点，被青灰色的小山和毛竹环绕，这儿是香港的跑马场。小马驹儿自由地奔跑，人们身穿艳丽的服装，吃三明治，喝葡萄酒，就像一个小型的赛马会，被放大了的玩具阿斯科特赛马会，在劳瑟商廊花几英镑就可以买到。不，其实也不能这么说。没有一家玩具制造商能制造出像幸福谷一样的玩具，即使是技艺娴熟如同具有温柔怜悯之心的克莱伯·普拉默也办不到，更不用说德国普通的玩具制造商了。幸福谷只能是大自然和盎格鲁居民共同创造的杰作。

一条狭窄的小道两边种满了竹子，它隔开了跑道和墓地——那些已逝的欧洲人长眠于此。全世界再也找不到景色如此优美的墓地了。除了泰姬陵，我还从未见到过任何一个纪念死者的地方可以像幸福谷墓地一样景色怡人。前者胜在鬼斧神工，后者则胜在浑然天成。但是无论如何两者都挡不住死神的胜利。印度的王妃和英国的云游者都已安息长眠于地下，漠视着周遭的一切。

恐怕得有对自己的文采更为自信的作家才能描绘出香港的公用公园，它们简直美得无与伦比。种类繁多的植物茂盛得好像玉带一般，你可以看看它们精细的美，再体会一下香港全景的美。

当我这样一页页写着我们在东方游历的小故事，我开始有点儿担心自己的鲁莽。我如此渴望描绘出曾经游历过的奇境，却无法描绘得淋漓尽致。中国是最令我困惑的地方。这个国家如此复杂难懂，有着数不尽的美景，不易亲近的国人，以及令人费解的神秘风俗。但我之所以仍然坚持着这一自己难以胜任的工作，必定是出于那古老的理由，那源自于爱的伟大理由。我热爱东方，如同孩童一般幼稚地讲述着关于它的故事。但是如果我能够唤醒哪怕一个疲倦的欧洲人，令他亲自到那个伟大而友好的东方奇境中，稍事歇息一下他的双眼、双脚和心灵，那么我也觉得是值得的，也是我写作此书的贡献。

我和我的儿子曾一起度过了许多个快乐的日子，在香港的诸多小山上被抬上抬下——我俩各自分别坐在一把椅子上。在香港，他得到了前所未有的尊重，受到了成人般的礼遇。他通常都毫无惧色地坐在自己那把剧烈摇摆的椅子上，和那些抬着他的人聊天。刚开始我有点儿担心他们会把他晃下去。但是很快我就发现他们的步伐是多么坚定，他们对自己手中这个又轻又小的负荷是多么小心。他们从不鼓励我向他们伸出友谊之手。但是他们很愿意告诉我儿子花草和鸟儿的名字，或跑或走，任他差遣。通常，他们还会拿出一枚他们辛苦赚来的血汗钱给他买糖果。

当我们第一次到香港时，那里的温度并没有热得要命，但也热得足以令山顶成为一个奢侈的避暑之所。到距离博文路不远的朋友的别墅里喝下午茶也是一个令人愉悦的选择。在其中一些清爽的白色别墅里，我们曾经举办过多么令人难忘的晚宴啊，然后在星光下轻轻哼着愉快的歌儿回家。

但是我真正爱着的是“中国城”。在香港，我曾经去过欧洲女性不会去的地方——“中国城”。

我相信没有任何一位其他欧洲女性曾经到过那儿。我也曾穿越黑暗的商廊，在那里数以百计的本地人在同生活艰辛地拼搏。我曾恳求船上的一个女人给我一口米饭；我曾一个人游逛直至完全迷路，不得不向这些本地人问路才能返回有着旅馆和欧洲人的世界。但我却从未受到过一丝粗野的对待。我发现中国的每一件事情其实都和别人之前告诉我的很不一样。

晚上，我不工作时，就会钻进我的黄包车里，让常林拉着我沿海港游玩，直到美丽的夜色令我安心地接受周遭的一切人和事，包括我自己。

我不知道常林在哪儿睡觉，也不知道他在哪儿吃饭。但是每次当我走出旅馆时，他总是等候在门口，不管白天还是黑夜，总是微笑着准备随时拉着我奔向小岛的尽头。我一天付给他一元钱。当我们最后离开香港时，我多给了他五元，并且把他推荐给了一个住在香港的信奉无神论的英国男孩。一天，这个男孩写信告诉我说："常林仍然在用烧香的方式来表达对你的思念。"

第四章

广州一瞥

关于广州，我应该做何评价呢？如果说香港是一个非常奇妙的地方，上海是一个非常有趣的地方，缅甸是一个风景如画的地方，那么广州呢？就是世界上最棒的地方！

我认识一些曾去过广州的欧洲人，离开它时他们带着无动于衷的表情，谈起它来也是一副懒洋洋的讥讽语调。其中有一位女性说她更钟爱厦门。和伟大而绚丽、神秘而深奥的广州相比，厦门简直小得可怜，平淡无趣而又略显肤浅。嗯，是啊！世界是多彩多姿的——我敢说我讨厌她的程度和她厌恶我的程度一定不相上下。有人曾经问过我："是不是和厦门比起来，你更愿意住在广州？"当然不是，至少不会永远是这样。但是尽管如此，我还是认为，和广州比起来，厦门完全是微不足道的。关于厦门，唯一值得一提的是它矗立于世的勇气。不，我不应该把厦门和广州作为我的居住之所来一同比较。如果让我连续 20 年都居住在广州，我会非常难过。即使让我连续 20 年都居住在极地海域上漂流着的宏伟壮丽的冰山上，我也是无法忍受的。虽然如此，我还是认为冰山远远比窗玻璃上的雪花更加有趣、迷人和壮观。

请允许我花费少许笔墨给您介绍一下我伦敦的家的后院，因为它此刻就在我的眼前。这里有些阴暗，到处都是碎瓦砾、干枯的长青藤、废弃的水管以及薄薄的一层积雪形成的污泥。恐怕再也找不出比这儿更难看的地方了。除了管道工之外，世上也不会再有另外一双眼睛认为这里是漂亮的。但是，我宁愿住在这里而不是广州，尽管在广州有数不尽的风光可以任你欣赏。说实话，在整个广州，我甚至都没有见到过一点儿不美之处。有一次，我几乎要撕掉我的写生簿——并非因为我自己无能，关于这一点我早就习以为常了，而是因为每次当我试图画出一张素描时，我都不得不放弃其他千百种尝试，这让选择变得异常艰难。

我们从香港给广州的保丁先生写信，让他看看是否可以在厦门为我们安排一次演出。他回信说："这里的欧洲人连100个都不到，也没有剧院，到这儿的路费也很贵。但是如果'尊贵'的夫人下定决心要来，我想我们可以紧缩一下我们的'X. 's'，把剧团留在香港，你们两位在旅馆的餐厅朗诵一段莎士比亚的戏剧。您意下如何？"或许我应该解释一下何为"X. 's"，它的意思是开支。这并非戏剧界的行话，只是一个缩略语。这封信让我产生了激烈的思想斗争。我非常渴望游览广州，我的丈夫坚持说如果我去，就必须帮助他度过"朗诵"这一关。在我这自由不羁的一生中，我还从来没有在公开场合进行过正式朗诵。或者可以说，至少从我还是一个可爱的系着漂亮的粉红彩带的小女孩起我就没有进行过公开朗诵。况且，我曾经扬言我永远也不会朗诵，我从未认可过它们，因此，我现在也不会认可，但是广州的诱惑力实在让我难以抗拒。

我们拟出一个节目单寄给了保丁先生。我的朋友准备了好几段朗诵，但是我唯一会的就是"莱茵河畔的宾根"，我的同伴担心观众可能以前已经听过。最后我登记上两段朗诵，但是并没有具体写明是哪两段。我的丈夫选择了他的三段朗诵，我们还在节目单上增添了莎士比亚的四段场景。

在一个清晨，孩子醒来之前，我们乘坐汽船，缓慢地驶入了广州河(Canton River)。我把让人头疼的朗诵早就抛在了脑后，舒服地躺在船上的躺椅上，告诉自己："如果世上真有所谓的极乐世界的话，这一定就是——没错，这就是。"那天真是太完美了。啊！这个古老的国度曾经见证过多少个如此完美的日子呢？她是如何地心跳着、微笑着！这个风韵已失、饱经风霜的年迈女子脸上呈现出一抹美丽的羞赧之色，看起来就像一个新娘。她期待着每天崭新的完美亲吻，设想着那些亲吻体现了她的魅力所在，尽管这一点她并不拥有！

我们带了上百名苦力和上千条鱼来到了广州。苦力们都挤在防护栏后面，几百条几百条的鱼被放在船的一侧专门挖好的洞里。这些带鳞的长着小斑点的银色小东西拼命地跳跃着，希望能够重获自由。当它们每一次坠落进满是水的洞里时，都会溅起绚丽闪耀的水花！

这艘令人愉快的小船客舱里载有四名乘客。我是整条船上唯一的女性。每次旅行时，当我发现自己是一条满载着男人的船上唯一的女性而天公又非常作美时，我总是告诉自己："如果世上真的有所谓的极乐世界的话，这一定就是——没错，这就是。"三位男士中一位是香港报社的编辑，他是一个有魅力的家伙，也是我们的好友；另一位是个讲着一口流利法语的德国人，他跟我讲了很多关于广州的事情；最后一位，别人心情好时大可以说他并非是最不重要的那位，这个非常幸运的家伙就是我的丈夫。

船长实在是一个风趣友善的人！他很可能永远也不会看到我这几行字，但我认为如此描述他是我应该做的。他是我的同乡——是那种会令你昂着头说"作为一个美国人，真好"的人。有些人认为我可能不能算是一个很好的美国人。对于这种指责，我并不认可。但是，我显然也不符合瓦尔特·司格特爵士[①]笔下理想的爱国者形象。我担心他或许会认为我的灵魂已经枯竭了。我的国际化思想要比我的爱国主义思想强烈得多，但是在异国他乡能够遇到一些令人愉快的美国人，总是会让我兴奋异常。当我想到我的同胞时，就像有些人想到那个他们用文字使之不朽的小女孩一样：

---

① 瓦尔特·司各特爵士(Sir Walter Scott，1771～1832)，英国19世纪著名的历史小说家和诗人，代表作有《湖上夫人》《艾凡赫》等。——译者注

她好时，好得如同天使一般；
她坏时，坏得令人毛骨悚然。

没有人会比一个有魅力的美国人更吸引人、更令人欣赏了。我认识一些美国人，是任何其他国家的人都无法与之相比的。但是如果爱国主义包括赞美我们民众中那些聒噪恶俗、穿金戴银的女性以及那些缺乏教养、肤浅固执、傲慢自负的男性，那么我不爱国又有何不可呢？他们令美国人显得粗俗不堪，也比任何其他东西都更令我烦躁不安。但是因为我也在用美国人那种地道的激烈言辞大声地反驳着他们，所以我并没有愚蠢到认为只有他们才是美国人。另外，还有一种类型的美国人也是我很乐意想起的。我希望他们能够游历更多更广。这里，我是指那些手持草帽站在他弗吉尼亚家中的走廊里欢迎你的人；那些即使扛着我们的国旗穿越蛮荒西部的帐篷时也非常绅士的人；那些——噢！是的，我是指所有的那类人！

我们的船长是一个温文儒雅之人，受过良好的教育，他曾经居住在中国并对她非常了解。他对我们的照顾也十分周到。

所有这一切令我们的旅行非常愉快。中国管家不仅明白自己的职责所在，并且真正地去履行它。晚餐做得妙极了，但是在甲板上的时光对我们来说是最令人兴奋的。

中国！中国！尽管你如此古老，但对我来说却是那么新奇和迷人！

堡垒和宝塔点缀着河流两岸，偶尔可以见到一些杂乱分布着的破败茅屋。天气晴好，空气中芳香四溢，几十种不知名的树在风中摇曳。

就在我们即将抵达广州的时候，我们遇到了麻风病船。广州的人口过于密集，这个世上最专制的政府不可能冒险把麻风病人置于这么多的广州人当中。可怜的麻风病人透过他们的监狱船的窗户望着我们。如果我们再靠近一点，他们就会大声喊叫着向我们讨要食物和钱币。亚洲麻风病人的痛苦一点儿也没被夸大。每次亲眼目睹，我都会情不自禁地想到这个问题(在印度,我经常接触他们):“噢,上帝啊,他们究竟还要再忍受多久?究竟多久?”

我认为在独特的中国最为独特的事情就是罗马天主教堂不断尝试着去感化那几乎不可能被改变的中国人,而且是那种孤注一掷的坚持。

下面这份电报是刚从上海发来的:“罗马天主教传教团在靠近四川省和湖北省交界的地方,遭到一群暴民的袭击。传教士们都逃进了邻近省区。”——来自路透社的报道。同样的消息以前曾经突如其来地向我们袭来;同样的消息以后也将会再次向我们袭来。只要欧洲人还在过分地考验亚洲人的耐心,亚洲百姓的怒火就仍需一些欧洲人的鲜血才能够平息。

我在广州遇到了一位令人尊敬的传教士,在中国的罗马天主教传教士中,多年来他一直颇为知名。就像罗马教堂中的其他知名人士一样,他是一个已经国际化了的人——思想开放、受过良好的教育,也必定会是一位非常迷人的好友。我曾经冒昧地问过他:“您在中国居住了这么久,到底感化了多少中国人——这里的感化是指彻底的完全意义上的感化?”

老人的目光掠过广州河,最终停留在我们这儿。我们左手边漂着广州麻风病人的监狱船,右手边是广州妓女的“花船”。然后他回答说:“孩子,一个也没有!但是,”他用瘦长苍白的手指向左边,“我们已经减轻了他们的痛苦,并且,”他又指向了右边,“我们已经控制了罪恶。仍然有极大的罪恶和极大的痛苦召唤我们去解除。我们正在为未来的传教士们最终的精神胜利扫清道路。有着七座山的罗马并非一日建成。精神上的罗马也不会在一代人手中彻底得到完善。我们在这儿正逐步获得立足之地。一个中国人或许为了得到一些我们所提供的好处而假装已经皈依,尽管他从未真正经历过这些。他的孩子却可能会因此而习惯于我们神圣的信条和仪式。我们最大的希望寄托在他的孙子或者曾孙的身上,他们或许可能真正成为上帝的儿子。

现在，我们憧憬着、祈祷着、奋斗着，尽我们所能地做着这一切。”这就是罗马对中国的期待——希望有可能改变将来的中国人。

为了这一未来可能实现的成就，罗马冒着丧失很多条高贵生命的危险斥巨资在中国创立了许多宏伟的建筑。中国人接受了金钱所带来的舒适。当他们觉得方便之时，他们就会到那些建筑中去寻求庇护；然而当他们被一些想法激怒时，就又去捣毁它们。同时被他们所捣毁的还有那些或明智或愚昧地献身于传教事业的生命。

罗马必将失败，对于这一点，我深信不疑。中国人的宗教和生活是一体的。除了日本以外，其他的东方国家都是如此。在东方，宗教标志着社会的神圣性，同时也是一些卫生学的规定。最重要的是，它是整个民族爱国主义的一种表达方式。况且，东方的宗教适合东方的民族，基督教的教义并不适合他们。罗马教堂，运用它那卓越的马基雅弗利式的智慧，尽她最大的努力使其教义适合于中国人的个性和心智。罗马必定会失败——因为她在尝试一个不可能完成的任务。中国的宗教是中国的诗篇、中国的艺术、中国的传统。当其他民族试图灭绝中国人并将他们碾碎于中国的尘土中时，它就会发挥作用，就像当年北美的印第安人受到压榨并在精神文化上遭到灭绝时一样，北美印第安人的宗教也曾发挥了同样的作用。

我们能够因为中国人忠于一种千百年来一直极大地满足了其民族需求的宗教而谴责他们吗？我，举个例子来说，认为自己完全具备资格谴责盎格鲁-撒克逊人对中国人极度的不友好。我还记得在旧金山和墨尔本的中国社区曾经看到过的一些场景。我曾亲眼目睹一个寺庙被文明的盎格鲁-撒克逊人所捣毁；我对此极为痛心，因为中国人那并非毫无理由的报复矛头落在了一个极具自我牺牲精神的团体头上，而这个团体一心追寻中国美好的一面和他们所忠诚信仰着的上帝的光辉。

三年前，我拜访了一个罗马天主教传教团，这个传教团最近刚被一群愤怒的中国民众所捣毁。这是对生命和艺术多么巨大的摧残啊！

中国的戏剧演员

我认为每一个居住在中国的英国人，如果他没有被过分的宗教热情蒙蔽双眼，都会认同我的看法：中国人是无法被感化的。一个英国国教徒曾经在上海居住和传教长达二十多年之久，却不曾让几个中国人转变为基督徒。但是他安慰自己说，他已经从罪恶中挽救了尽可能多的罪人，至少他那个拿着相当高薪水的男仆福星（Foo Sing）已经是一个最虔诚的基督徒了。当这位牧师离开中国时，他很舍不得和“福星”分别，赠送给他几本圣经和一些钱。英国的邮船刚开出半个小时，牧师的朋友遇到了这位“福星”。

“哦，福星，”这个欧洲人问他，“牧师已经走了，你打算去做什么呢？”

“我，”福星回答说，“我要去祭拜我们自己的菩萨，英国的菩萨都过时了。”

罗马在中国尝试的是一个伟大的事业。她的方式极为庄严，但中国人却对她施以了同等程度的野蛮暴行。在美国教区，对于那些拖着不合时宜的“长辫”的男人和穿着改良长裤的女人，中国人只会报以嘲笑。中国人最主要的性格特征之一就是他们的幽默感。

在我们这条船的另外一侧（重新回到我们第一次进入广州的情景），和麻风病船正对着的是广州有名的花船。它们是广州精神上的麻风病人宫廷般的监狱。日光下，这些小船故作正经地漂浮在泛起涟漪的水面上。粗糙的窗帘已经放下，女人们都睡着了。太阳落山的时候，这些罪恶的小船上就会亮起上千盏红灯笼，上百种乐器叮当作响。不知羞耻的晚清官员抽着长长的大烟枪，啜饮着那小酒杯里热乎乎的芳香扑鼻的美酒。

不幸的中国女人所遭受的公众舆论的折磨和束缚至少要比她们的西方姐妹少得多。她们不会受到来自同父异母姐妹的嘲笑，也没有被心胸狭窄的格兰迪夫人[1]那苍白的小手搧以耳光。她们离群索居。

我们在离广州大约几码的地方抛了锚，便开始了非常难得而有趣的旅程。一个舢板的世界却烦扰着我们。许多女性苦力冲上甲板，请求帮我们运送行李，把我们送到岸上。在广州，这些工作是苦力阶层中的女性来做的。我们落入了一个好心的名叫“独眼莎拉”的老家伙手中。她很胖，很有钱，也非常有趣。我们的编辑朋友非常露骨地揶揄她，但是她把这些都当作好话接受了，并且好言好语地回应。当我们接受她做我们的船夫时，她高声唤来了两个年轻女孩，她们非常轻盈地跳到船上，镇定地扛起了我们的行李。我的箱子很重，里面有一大堆琐碎的东西。莎拉什么也不拿，但是她带着我们进入了她的船里。我后来才知道她很乐意把我扛起来，因为她觉得我看起来非常娇小无助。要知道我至少要比莎拉高一头呢。

那些女人很熟练地把我们带到了她们的船上。这些驾驶舢板的广州女人真是了不起的船员。我们在上百艘小船之间穿梭，好像处于一个无法摆脱的危险困境当中。但实际上这一点儿不危险，我们也很快就脱身而出。她们划进划出，离开了汽船，向在广州和厦门之间延伸的上游狭窄河道驶去。终于我们在厦门旅馆的台阶前上岸了。令我那个可恨的丈夫高兴的是，莎拉居然真的把我从船里抱出来又放在了陆地上。“虽然是个小姑娘，”她神气十足地说，“但是也够沉的。”

欧洲人是不允许居住在广州的。即使进入广州，他们也需要向城门的守卫出示通行证或者许可证。厦门是欧洲的租界，所有那些在广州有外交事务或者其他事务的欧洲人都居住在那里。在厦门的欧洲固定居民屈指可数。我们在那儿时，大约有八十多个——我的意思是所有的人都加在一起，包括男人、女人和孩子。他们的生命时刻处在

---

① 格兰迪夫人（Mrs Grundy）原为英国戏剧家汤姆·莫顿（Tom Morton）所作喜剧《加快耕耘》（“Speed the Plough”）中的人物。此处比喻那些心胸狭窄、拘泥礼俗、事事好挑剔他人的人。——译者注

危险当中。欧洲人的精神力量是伟大的，但是如果广州人变得够狠，他们就会集结起来一起穿过那座窄桥，屠杀在厦门的每一个欧洲人。他们曾经这么做过。如果他们的怒火燃烧得足够旺盛的话，他们还会再次这么做。我希望他们永远不会再这样，但唯一能做的只能是祈祷不要再给他们任何这么做的借口。

雪白的旅馆舒适又干净。四周绿树环抱，地上青草茵茵。一头漂亮的小毛驴儿跑过来，想吃我手里的饼干。它是欧洲人在厦门的宠物。我们的节目单就张贴在旅馆大厅的显眼处。这让我有些紧张，因为我们的朗诵就定在当天晚上。

我的丈夫不怀好意地问我："你知道今天晚上你要朗诵什么吗？"

"我认为应该把我的朗诵删掉。"我甜甜地对他说。

"不，这可不行。"我的丈夫说。他甚至提出来陪我回房间教我一些朗诵的作品，但我坚决不从。晚上，我会以一种近乎绝望的方式完成我的朗诵，但是现在我要进入广州城。

运河对面就是广州。如同其他任何一座中国城市一样，它也被高墙隔开了。从厦门我们一点儿也看不到这座城市的面貌，这更令我急于离开。

在东方至少有三大奇迹令人叹为观止：泰姬陵、喜马拉雅山落日，以及广州。

我忘记了向导的名字，没有向导我们不可能进入广州。他看起来非常绅士，并且讲着一口标准的英语。我们先钻进了像古雅的箱子一样的轿子里。共有四顶轿子，两顶给我们乘坐，另一顶是编辑的，还有一顶给向导。每顶轿子都由三个苦力抬着。我们穿过小桥，通过了卫兵把守的城门，终于来到了广州！

要是我能够按照记忆中的印象完美地把它描述出来该多好啊！我曾经想象着那里会很吵闹，有着拥挤的人群、全新的景致、不熟悉的声音、从未闻到过的气味、长长的没有尽头的街道和高大的房屋。但是我真正发现的要比想象中的多上十倍。这里的街道通常都非常狭窄，如果两顶轿子迎面遇上，必须有一顶先退到附近的店铺里等另一顶过去以后再继续往前走。房子太高了，垂直望去它们好像向彼此倾斜，就要连在一起了。的确，许多房屋真的几乎挨在一起——它们增建了阳台。我不知道这些房子里楼上的房间是做什么用的，但是看上去好像所有的东西都放在阳台上。除了穿在他们身上的衣服之外，贫困或者是中等阶层的中国人所拥有的衣服通常都被挂在阳台上。其实中国人要比欧洲人所普遍认为的干净得多。

我们在广州走了好几里路也没有看见城市上方的天空。这座城市人口过于密集，人群川流不息，从事着各种不同的职业，各式各样的店铺林林总总，简直难以描述。

我们所驻足的第一家店铺是一个在米纸[①]上作画的画师的工作室，尽管那地方看起来很不像画室。画家们(其中两位非常有名)坐在精致的桌子旁，认真地做着他们的活计。米纸本身就很漂亮，上面的绘画更是精美细腻。中国的艺术是一门很难的课程，其技巧通常格外细致微妙。除了蓝色的主色调略显单调以外，中国人对色彩的运用非常逼真，在他们手中，所有的色彩都绚烂到了极致。但即使是他们独具特色的蓝色，他们在绘画中也是很少使用的。中国的绘画给我的印象是那种原始的纯朴，但也并非不细致入微。不过，如果我对中国的艺术有更多的了解的话，或许我会有不同的见解。

我有不止一打的精美"米纸画"，这些米纸画都出自那个古怪的、一点艺术气息都没有的广州画室。并不是每幅画都出自一个画师之手。比如说，我诸多米纸画中有一张画了一名清朝官员，不足六英寸高，但它是由三个画师精心绘制而成，其中一位画师全国闻名。他负责画的是这位清朝官员的脸。他告诉我 30 年来他一直在练习画人

① 蓪草纸(Pith paper)是一种平滑白色、类似纸张的基底材。常见于西方收藏品中，蓪草纸画曾是西方人东游亚洲带回国的纪念品。图案内容大都与中国的日常生活有关。有时误称为米纸(rice paper)。——译者注

脸。除了少睡多餐、祭拜祖先以及偶尔给菩萨上上香之外,其他事情他一概不做。他是一位很有涵养的老绅士,微笑地允许我在他的几张米纸上涂鸦。我浪费了几刷子各种颜料,试图模仿他的画技。这幅小画像上的衣饰则是出自另一位画师之手,而双手则是第三位画师的作品,这位画师只画手。在那个画室里,也有些人只画叶子,另外一些人只画花朵。有些人穷尽毕生精力反反复复只画一幅画儿。他们用一周时间画出一幅,下一周再仿制一幅。那个画室里还有个画师只画毛毛虫——十年来他没画过任何其他东西。他画得十分精美。可以这么说,他们技法之纯熟、描绘之细腻令人叹为观止,但是他们的作品缺乏雄浑的气势、崇高的主题以及图案创作的灵感。

接着我们来到了一家珠宝店前。他们正打造奇特的银饰,这些银饰嵌入了一些极细小、闪亮的蓝色羽毛。已完工的饰品与其说漂亮,倒不如说令人好奇。但是放在工匠托盘里的翅膀格外华丽优美。每年成百上千的翠鸟被捕杀,用来装饰这些愚昧的中国人廉价的小玩意儿。我相信这些鸟肉都被当作了食物。当然,如果遭到屠杀的无辜者真的成了我们的果腹之物,那么或许会抵消掉他们杀戮的罪过。

我们在一家铺子里买了一些象牙,在另一家买了一些黑檀木。我们看到一篮篮满得快要溢出来的稀有珍珠,当然也有那种论磅称的小粒珍珠。

我们那位新闻界的朋友是到广州来公干的,但是他并没有把公务放在心上,他会带我们更深入地观察这座城市,他对这儿的了解可能与其他任何一个在中国的英国人所了解的一样多。

我们来到了一间很大的纺织厂,穿梭在一些忙碌着的织布机中。这些人如数家珍地谈论着织布机和世界上其他同类机器,而我则贪婪地盯着那些精美的绸缎。我们又参观了一个非常华丽的乌木家具展。我丈夫对于追求身体舒适并没有特别强烈的欲望,只是偶而会抽抽烟、划划船、骑骑马。但是这一次,他也像我一样被诱惑住了。我总是很容易受到诱惑。他恨不得真的买一船精美别致的雕刻家具回去。

返回城门的路上，我们在一家丝绸铺停了下来。我丈夫给我买了一条精美绝伦的丝巾，让我忍不住要亲吻它。他还给我买了一些乔其纱，令我爱不释手，轻轻地摩挲着。一进家门，我就立马把这一大堆柔软光滑的丝织品堆到了床上。

中国的刺绣和日本的非常不同，但各有所长。日本人在金银的使用方面很令人称道，而中国则在选用颜色以及搭配方面更胜一筹。

直到我们到达旅馆的时候——不早也不晚，我的情绪才平静下来。我们狼吞虎咽地吃过了晚餐，然后就上楼了。这时离我们伟大的“莎士比亚的朗诵”只剩下一个半小时了。

“詹姆士，”我的丈夫很严厉地说——当我做错了事，他就会叫我詹姆士——“詹姆士，你真是个无赖。”

“但你是一个圣徒啊！”我用最甜蜜的词句和语调来尽力讨好他。“你明知道自己朗诵得棒极了，就把全场的朗诵都包了吧。告诉他们就说我已经死了——在开始之前，你知道的，可以做个演讲。我会坐在门口收票，带领大家鼓掌的。”

但是他并没有被我的甜言蜜语所打动。我只好打扮一番，来到通向餐厅的那个小小的前厅。我拿了一本“诗歌精选”，紧张地翻了起来，想要搜寻一篇可供我朗读的作品。我曾经自夸有一种独特的“快速学习”的能力，但是，很显然，在一个小时零五分钟的时间内，我无法背三首诗，于是我下定决心要朗读而不是背诵。

那天晚上我是全中国最郁闷的女人。而我丈夫此时正因为成功地诱使我朗诵而暗自狂喜。

好吧，朗诵最终还是要开始了。我相信在厦门99%的欧洲人都来了。

我们的小舞台简直妙极了。当我们乘坐轿子游览广州城时，有三四个苦力把一些不同长度的竹子抬进了餐厅。这些竹子不是被钉在一起的，而是一小捆一小捆地捆起来的，直到它们初具了舞台的形态。然后这些苦力们又在上面铺了一些光滑的木板，他们甚至连一枚钉子都没用，就把这些木板都紧紧地铺在了一起，结果就诞生了如此完美的一个小舞台。

我的同事宣布这场对我来说非常可怕的晚会正式开幕了。他走下台后，我绝望地抓紧了那本书，上台去接受我的命运。观众们给了我一点儿真诚的掌声。我本可以摆脱掉他们的。我们的编辑朋友知道我一点儿都没有准备。他坐在前排，尽力想让自己看起来谦恭一些。保丁先生很优雅地站在靠近门边的地方，看上去非常焦急紧张，好像正考虑着如何逃走。我想到了古希腊的政治家、雄辩家德摩斯梯尼①，想知道如果我以"厦门的男人们和女人们"开场，会出现什么样的效果。但是他们看起来都过于温和儒雅，所以我还是称他们为"女士们、先生们"。我的丈夫在前厅里窃笑，我能听得到他的笑声。打开书，我碰巧翻到"马夫乔"这一篇。篇幅不够长，于是我在朗诵之前做了一个演讲。在演讲中，我把自己所知道的都讲了出来，还加了好些我也不甚清楚的有关作者和当时的历史背景的内容。这首诗在华盛顿非常出名，作者是一位美国女性。我记得我还讲了一些关于英国太子妃的事情。对此，他们都报以热烈的掌声。接下来，我开始朗读了。这本书的印刷很糟糕，室内光线也不好，但我还是磕磕绊绊地读了下来。当我读完的时候，发现观众席上的人已经寥寥无几，简直少得令人吃惊。保丁先生也已经离开了。

我不会再讲述接下来的另外两篇朗诵了，也不会讲观众对它们的反应如何。但是，有一点我可以拿自己作为演员的名誉来担保，我绝对没有成功。

然而，我坚信，客观地说节目的第二部分要比第一部分还要差。第二部分由莎士比亚戏剧中的四个场景组成——节目单是这么说的。保丁先生说是我写的节目单，我说是他写的。我丈夫，虽然有这么多缺点和错误，仍然会温和地打圆场。他说节目单里的错误应该归咎于

① 古希腊卓越的雄辩家和著名的政治家。——译者注

中国的印刷工人。当我们回想这个节目单究竟是如何制订出来的，我和保丁先生发现本来我们谁都不愿意去做这个节目单。莎士比亚剧中的四个场景具体是：

《罗米欧与朱丽叶》中的一场。
《麦克白》中的一场。
《安东尼和克莉奥佩特拉》中的一场。
《傻子复仇记》①中的一场。

至少中国的印刷工是这么排的，但是谁能强求一个广州的排字工人听说过汤姆·泰勒的名字呢？

我不知道这四幕悲剧场景中哪一幕最有趣。

画像中，罗米欧、麦克白、安东尼和巴尔图乔都穿着漂亮崭新的大礼服和漆皮鞋，戴着同样漂亮崭新的羔皮手套。朱丽叶、麦克白夫人、克莉奥佩特拉和可爱的小费尔德丽莎都穿着长长的、黑色的、镶有细碎的黑色大理石的法式无袖长裙，戴着长得可笑的黄褐色手套，鞋子是"人类神圣的脚"中巴黎小丑穿的那种巨大的鞋子。

我还需要说没有舞台布景吗？我尽力像一个戴着面具的士兵一样完成我的任务。但是我的丈夫，这个无赖的家伙，正很过分地偷着乐。的确，尽管我尽力了，我还是得说朱丽叶热切的言辞的确是结结巴巴地从我口中说出来的。

终于都结束了。善良、耐心的观众带着悲伤离去。在穿越地球的另一边我向他们致以问候。如果他们有机会知道他们花的这份冤枉钱能够让我游历广州，或许会原谅我让他们陷入了如此悲惨的痛苦

---

① 《傻子复仇记》(The Fool's Revenge)的作者是汤姆·泰勒(Tom Taylor，1817～1880)，节目单有误，所以有了上面的争吵。汤姆·泰勒是一位成功多产的维多利亚时期的剧作家，他最有名的戏剧是《我们的美国表兄》(Our American Cousin)，林肯遇刺时看的正是这部戏剧。——译者注

当中。

那些耐心的观众是多么善良、多么绅士啊！他们本可以教训我一顿，不过我早就知道无论英国观众心里会怎么想，都不会对一个女性表现出一丝不满的。

可怜的观众逃走之后，我们开始吃晚饭，我们的编辑、保丁先生、我丈夫和我。编辑说跟我的朗诵比起来，他更喜欢我的表演。保丁先生也说他非常喜欢这个晚会——尤其是在他离开之后。我的丈夫一直不停地笑。吃过晚饭，我建议半夜偷偷地溜进广州去。

但是，就像很多我曾经讲过的其他事情一样，说起来要比做起来容易多了。广州的城门已经关闭了。于是我们互道晚安，就像规矩的英国人应该做的那样去休息了。我在我们的房间里点燃了一炷香，火光摇曳。因为即便是在睡眠中我也不想忘记，我正身处古老的中国。

我们在阳台上坐了一会儿。任由想象的翅膀自由地飞翔，脑子里冒出一个个关于广州的奇怪想法。无数个铜梭在我们想象的指间飞舞，编织出一段段曲折离奇的中国式浪漫故事。而此时，整个广州城仍在睡梦之中。

中国人是一个作息规律的民族。尽管勤劳促使他们点灯工作，但是，作为习惯，他们还是在太阳落山之后尽早地入睡。

第二天破晓时分，空中弥漫着东方所特有的绚丽色彩。那天晚上不会再有莎士比亚戏剧朗诵了。我们计划在广州待一周。那时，我成了整个亚洲最开心的女人。

用涂满奶油的面包、炸鱼和滚烫的咖啡略微表达了对中国黎明的敬意之后，我们就向广州驶去。我该如何描绘那一个星期啊！我真的无法描述。我只能说："到东方去——到东方去——到东方去吧！"

同样的轿子正等着我们。我们的向导看起来精神饱满，整装待发。他没有去听我们的莎士比亚戏剧朗诵。他们先把我们带到了广州的刑场，但我们没有进去。我是一个极具好奇心的女性，但是我也并不愿意亲临这种血腥的杀人场所。

我们中的那些小伙子中有三四个曾经从香港跑到九龙去看行刑。他们虽然这么说，但是我意外地发现至少部分原因是他们用自己辛苦赚来的演戏收入去中国的交易所兑换金条。

他们知道我是一个崇尚自由的演员，于是叫我和他们一起去看中国罪犯的生命是如何被结束的。但是我的想象力要比我的胆量大得多，我拒绝了。听闻此事，我的丈夫简直暴跳如雷(作为丈夫还会怎么样呢)。

我不知道这些年轻小伙子们是不是在开玩笑，但是我宁愿去怀疑他们的话，相信那只是句戏言。

不管怎样，我们的广州向导绝对真诚。不过很明显，由于我们阻止了他向我们尽情展示他心目中家乡城市的荣耀而使他受到了伤害。

如果各位好心的读者也感到被剥夺了目睹血腥场面的机会，我一定要建议你去看那些更坚强的旅行者所出版的书籍。有很多这样的旅行者，在他们的书中，你会找到你所要求的所有权益，会看到血淋淋的刀剑和盛在硕大的灰色罐子中可怕的没有躯干的中国人的头颅。

我们在一间很有意思的店铺待了几个小时，那里出售中国的长袍和精美的老式绣品。我的丈夫给我买了一件华丽迷人的斗篷，这件斗篷许多年以前属于一个清朝官员。它的设计很简单，但是算得上做工非常精细的透孔织物。玫瑰、叶子和蝴蝶都是其陪衬点缀物，它那不规则的花边是用奇特的深红色丝线球和袖珍的金色铃铛装饰而成的。去年夏天，我把铃铛和线球以及其中三只最显眼的蝴蝶拆了下来。这件尊贵的黄种人的旧时斗篷穿在我漂亮的家居服外产生了一种说不出的效果，就像一件绣花短上衣。

终于来到了那座有着五千鬼怪的寺庙和五层宝塔，但我们有点儿失望。不过饰以花朵的宝塔的确是个奇迹，到处都散发着古雅美。街上变幻莫测、包罗万象的奇观也让我们一直兴奋不已。

我们和一位尊贵的中国人一起吃了顿中式午餐。他带领我参观了他的府邸和有点儿荒唐可笑的庭院，并且把我介绍给了他的妻子，他的妻子又把我介绍给了她丈夫的小妾们，看起来，她和这些小妾们的关系还相当融洽。

在中国，“小妾”的意思和圣经时代的“侍女”有些类似。她不是妻子，但是如果把它翻译成“低等的妻子，次要的妻子”，会让西方人觉得更容易理解。

午餐过后，我们参观了一位广州编辑的办公室。之后我们又去了广州一个著名的大型市场。我真该尝试着把它好好描述一番。那里有各种颜色的物品：黑色的、白色的，还有一些灰色的。黑色的被认为是最佳选择。想到人类会去吃猫、狗和老鼠，是不是很恐怖？这难道不是最恐怖的事吗？可是——我们能够提出一个合理的理由来反对它吗？我看不能。然而，当我站在广州的那个市场里时，有一会儿，我的确体会到当哈姆雷特手里拿着郁利克满是泥土的头盖骨[①]时是一种什么样的感觉。我的丈夫早已经逃开了，我很想知道为什么在许多方面男性比女性还要讲究呢。

那是一种令人毛骨悚然的景象，繁忙的市场，大堆大堆从动物身上割下来的肉，当我们吃这些动物肉时，很少会提到它们。可怜的小动物！它们看起来那么令人同情。如果亲眼看到它们被屠杀，我肯定会为它们哭泣。无数只老鼠被挂在长长的拉紧的绳子上。或许我还是不要描述得这么详细了。这真的让我恶心死了，然而我不了解究竟为什么要把它们吊起来。

除非我们坚持素食主义，戒食任何具有动物的生命和意识的东西，否则我看不出我们有何种理由可以理直气壮地谴责中国人。是因为在选择食物方面他们比我们更古怪，还是因为他们比我们更缺乏生活必需品？如果我们考虑到中国有嗷嗷待哺的庞大人口，如果我们考虑到对应的人口密度，我相信我们可以客观地认识到这一点：中国人

---

① 莎士比亚戏剧《哈姆雷特》第五幕第一场，在墓地，哈姆雷特手拿国王的弄人郁利克的骷髅和霍拉旭一起慨叹生死无常，人类在死亡的面前无能为力。——译者注

必须要充分利用他们所能获得的只要无损健康的任何一丁点儿食物。

战争年代，帝王和英雄们曾经品尝过一些奇怪的肉。按照一些历史学家的说法，从莫斯科撤退时，拿破仑只能吃到一点儿猫肉。

我所认识的一位无比优雅的法国女士，她曾经历过巴黎公社革命，有一次告诉我："马肉很难吃，并且如果事先没有人告诉你，你会发现老鼠肉其实很美味。"

"不大劳动的手，他的感觉要灵敏一些。"[①]

我们欧洲人对好多事情都不屑一顾，高高地翘起我们漂亮的鼻子，因为我们的鼻子已经没有其他什么用处了。我们有时被批评为不切实际。其实偏见和缺乏同情心的偏见与不公平，以及误判原本就是近亲。

我们很不情愿地离开了广州。快到香港时，我的丈夫问我：

"詹姆士，世上还有没有什么能再诱使你重复一遍那次朗诵呢？"

"我的朋友，"我告诉他说，"如果上帝能再给我一整天的时间去游览广州城的话，我愿意站出来独自背诵整部《哈姆雷特》——哪怕只对着三个观众。"我可是很认真的。

① 莎士比亚戏剧《哈姆雷特》第五幕中的话。——译者注

第五章

中国的监狱

中国人一向遵纪守法。对于违法者,他们很少同情,政府更是绝不姑息。我喜欢中国,也喜欢中国人,而且很尊重他们。但是在其社会生活中,有两个细节我认为必须受到谴责。他们的医院和监狱彻头彻尾是国家的耻辱。考虑再三,我决定收回“彻头彻尾”这个词。我所见到的中国医院简直没有一点儿医院的样子。但对于改善医疗环境,首先病人们自己就会极力反对,大部分甚至还表现得极为痛恨。和其他地方一样,中国的专家学者被禁锢于公众意见这条绷紧的绳子,被大众的无知紧紧束缚着。

中国的监狱之所以有如此悲惨的境遇,可以在这个国家的哲学中找到合理的解释。对中国人来说,法律是用来恪守的。一条法律关系到数以百万的老百姓,保全着他们的幸福。必须要维护法律的神圣和不可侵犯。无论是谁,无论是何原因,无论是一时兴起,还是个人嗜好,都不可以违背法律。那些无视中国法律的人必然会被社会所遗弃。个人癖好、精神疾病、遗传特征根本不会被考虑在内。这么做残忍吗? 的确! 但这样却确保了中国这样一个拥挤的国家能够养活如此众多的国民生存下去。

中国的法律,不会因为违法者出身名门望族就网开一面,也不会因为其祖先有过错就罪加一等。从出生开始,每个中国人,无论从理论上还是从实际上来说,都几乎和其他所有国民一样拥有平等的机会。与世界上任何其他地方相比,社会地位在中国更加受到推崇,也更会给其拥有者带来利益和特权。但是社会地位并不是世袭的,而是由皇帝赐予的——来自于他个人的功劳或成就。除非他个人胜任,否则，没有哪个中国人是比其他人“高贵”的。然而，这一规定也有两个特例——仅有两个。孔子的直系子孙都世袭一个称号。那是一个很高的地位，受到所有人尊敬。但是这种称号并没有赋予他们干预国家事务的权利。皇帝的后代也十分尊贵，但是他们也未必拥有任何权利。总之，在中国，“每个人都会照他应得的名分得到相应的对待”。并且有一点对国家的声誉非常有利，就是那些能“逃得了一顿鞭子的人”①少之又少。

中国的监狱被称做“监牢”。它的外门是用竹条挡住的，由地位低下的士兵或者警察守卫。监牢有两个房间和两个院子。其中一个房间和一个院子是关押男犯人的，另一个房间和院子则是关押女犯人的。关押女犯人的地方要比关押男犯人的地方小得多。但是女犯人的住处和男犯人的住处都一样，所有供给都毫不顾及犯人的舒适和体面。

中国政府只提供给犯人一个他们无法逃脱的封闭空间，除此之外什么也没有。但如果他们的朋友从监狱的栅栏外向他们投掷食物，法律不会干涉，至少这样犯人不会饿死。而即便真的饿死，法律也不会过问。

我见到过一个女人给她的丈夫喂饭吃，她的六个孩子在一旁边看边嗤嗤地笑。我还见到过一个九岁的小孩儿把手伸过栅栏的板条，将米饭丢进他父母张开的嘴中。

我过去常常带着食物到上海监狱，从没有人嘲笑我。我相信中国的百姓不会嘲笑一个女人。但是我也曾经为此受到责备，一位中国高官曾经告诫过我的丈夫。我常常会从一个廉价的杂货店买些中国食物，然后走到监狱的围墙前，雇一个苦力去喂那些可怜的忍饥挨饿的

① 引自莎士比亚戏剧《哈姆雷特》第二幕：“要是按照每一个人应得的名分对待他，那么谁逃得了一顿鞭子？”参见朱生豪译《莎士比亚全集　哈姆雷特》，九州出版社，2001年3月，第88页。——译者注

苦命人。我不太愿意亲自喂他们，但是他们又不可能自己吃。因为我正在描述的这个阶层的犯人——他们犯的罪应该不算太重吧——却没有一个可以够得着自己的嘴巴。因为他们的脖子一直被锁在一个大约三英尺见方的木板里。这个木板被称做“枷板”。枷板非常重，会磨伤脖子，也会把肩膀磨出水泡来，或者令肩膀变得麻木僵硬。犯人的辫子沉重地拖在上面，可怜的头颅卡在枷板里，只能艰难地转向一边。所以犯人无法用手帮助强烈渴望食物的嘴巴够着米饭和水，也无法驱赶刺痛鼻子的飞虫，这些飞虫在中国的监狱和监狱的庭院里随处可见。

我买了一把长长的木勺，这把木勺引起了上海流浪儿的极大兴趣。我从来不愁雇不到苦力帮我传播这小小的爱心。直到有一天，当我带着米饭来到常去的那个女犯监狱时，我看到了一个奇怪的现象。三个女人被锁在同一个枷板里。监狱院子里的另外两个女犯人和其他的人群一起用极其恶毒的语言劈头盖脸地咒骂她们。她们面容憔悴，看起来又饿又累。我无法说服任何人去喂她们。一直陪着我的阿妈抓着我的手大喊：“回家，回你男人那里去。”我发觉事情有点不对头，甚至我的黄包车苦力似乎也嫌弃我的所做所为。于是，我只能回家了，回到了阿妈所说的“我的男人”身边。后来我才知道，那三个女人原来是老鸨。我认为中国人不会斩首女犯。但是那些诱使或者胁迫年轻女性走向堕落的女犯则被当作特殊的犯人。人们认定她们的行为比其他任何罪行都更无耻。她们的头用枷板锁在一起作为附加的惩罚。

对中国人来说，离婚和结婚一样容易。清朝官员的小妾要比苦力的妻子地位高。但是一个女人如果有伤风败俗的行为，就会被人鄙视和隔绝。在中国，那些出卖肉体的中年女人，是不会得到任何人丝毫的同情的，当然那些传教士除外。

在中国，女性的地位总体来说并不比男性低。的确，中国人和其他任何一个我所了解的一夫多妻制的民族一样（或许不幸的摩门教徒应该除外),女性的贞节以某些方式被守卫、保护和尊崇,这和我们这些已经得到了启蒙的西方民族是不同的。

我们西方人已经写了太多关于中国的愚昧无知的鬼话。试想一下一个对犯罪如此无情的民族可能尽是邪恶的吗?

中国人对待国家的态度曾一度被称作楷模。没有什么能够比这更能证明他们的美德了。

为了保证国民身体健康和国家的生产率,中国人做出了最严酷的自我牺牲。

几千年来,中国人开发了这个神奇国度的很多资源。他们培养起伟大的耐心和智慧。马来半岛的南部和新加坡岛几乎被疯长的肉豆蔻树所摧毁。北美目前成千上万亩土地也已经贫瘠或者濒临贫瘠,因为几年以前,土地的所有者过于频繁和无节制地从大自然中攫取食物,而这已经超出了自然界的供给能力。中国人没有犯这种错误。他们没有从其"演进着的欢乐谷"中索取超出他们生产率的过多东西。因此,中国目前还像是这个奇特的黄色人种的第一批祖先在此狩猎时的处女地,拥有同样丰富的矿产以及种类繁多的动植物。这些黄种人现在就居住在中国并且十分珍惜自己的土地。膘肥体壮、长着大眼睛的斑点鹿在危机四伏的森林里惬意地散步,数量多得如同当年古老的拉丁作家描述中国居民时称他们为"弓箭手"的那个年代。很多皮毛光滑的野兔在各类蕨类植物中间奔跑。金黄色的野鸡将窝搭建在野白玫花丛中。鹬和鹌鹑在米地里偷食吃。野鸭和鸽子把脚伸进潮湿凉爽的稻田。个头很小的食米鸟儿抓住开着紫色花儿的紫藤枝干,摇来摆去地荡秋千。

啊,是的,随着岁月的流逝,中国将会变得更加美丽,就像一个女人因为热爱着她幸福美满的家庭生活而变得更加迷人!她的孩子们都已长大成人,她的秀发也已斑白,然而生活的安宁和内心的舒适令她的容颜更加妩媚动人。她可以不把年老放在眼里,因为爱和善良让她永远年轻。中华民族从这块土地中汲取养分,同时也让这块土地在他们的怀抱中异常幸福。尽管中华文明是现存文明中最古老的文明之一，她的建筑也是古香古色，但是，她自己却永远年轻、充满活力、始终面带微笑。因为她一直都被温柔地用心爱着、呵护着。

第六章

中国的新年

如果有人没有任何债务，反而有很多人欠了他的钱，那他一定很希望自己是新年来临时的中国人。

每一个中国人都会在新年当天或者除夕那天还清债务，名副其实的骗子除外。这样他就能以崭新的面貌开始新的一年了。设想一下，一大笔钱在这一天同时还给你的情形，那该多美啊！当然，如果想想那些欠了一屁股债的人，此时他们该是很凄惨的。

记得很久以前的一个早晨，在古老的洛杉矶，那时我还是一个孩子，一大早我就被吓得哭醒了，镇上传来一阵可怕的嘈杂声。透过窗户，我看到一股奇怪的、吓人的烟雾，同时一股可怕的火药味也从窗户飘了进来。我记得自己拼命地边跑边大叫着去找父亲。我哭着告诉他印第安人或者墨西哥人攻进来了。但是父亲安慰我说那只是中国人在庆祝新年，他让我放心地吃早饭，而且有新鲜的无花果和奶油等着我呢。

我们在洛杉矶时有个洗衣工，是个瘦高的中国人，长着乌黑的眼睛。我最喜欢他了。我教他英文字母（这些字母我自己也认不太清楚）和主祷文。他对我总是很客气，很尊重，这让我幼小的心灵愉快地骄傲起来。我觉得自己仿佛是一道播撒宗教的圣灵之光，是这个异教徒的朋友和启蒙者。我搞不明白为什么我的父亲一直笑话我，他好像对约翰一点儿也不感兴趣。

在美国，每一个中国人都被称做“约翰”，至少在当时那个时代是这样的吧。我们对他另外的中文称谓却一无所知。

他总是会欠我们几美元。我不知道他究竟是如何办到的，但是他的确非常巧妙地做到了。比如,他总是没有零钱,而且我父亲在家时他从不来还钱。当然,我的母亲也常常没有零钱,于是约翰总可以把一些小钱延期到“下一次”再还。

“没有哪个地方的玫瑰像加利福尼亚南部的玫瑰一样美丽;也没有哪种声音像中国人发出的声音一样吵闹。”那天我们坐在阳台上吃早餐的时候,我的父亲这么说。

他说这话时,约翰正沿着花园的小路缓慢地走来。他的打扮与其说像一个洗衣工,倒不如说像一个清朝官员,但他的表情却很忧郁。

“您好。新年好!”他很不情愿地说了一句。接下来,他更加不情愿地把两美元四十美分放在了我母亲的盘子旁边。

“这是什么,约翰?”她问道。

“我欠您的零钱。”

“你可以从下个月的帐单里扣出来。”

约翰明亮的眼睛一下子更亮了,但是他还是难过地摇了摇头。

“一定得还。今天是中国的新年。中国人一定要在新年之前还清所有的债务。我已经还了所有该还的钱,所欠的都还了。我还给菩萨进奉了香火钱。”说完这些,他的样子好像是要摆脱因为放弃这些钱而产生的痛苦。送给我一盒鞭炮,他就带着中国人那种完成了任务之后特有的平静神情离开了。

中国人不管身在何方,都会以同样的方式度过中国的新年。我在洛杉矶、旧金山和纽约都见到过中国人过新年。在墨尔本、澳大利亚矿区、加尔各答、缅甸、英属海峡殖民地,都和在中国是一样的。

燃放成千上万的鞭炮是那天最明显的标志。朋友和熟人们互相拜访,陌生人也选择这天去拜访国内受人尊敬的名人雅士。欠债全部还清,店铺也都暂时歇业了,大家都在大摆宴席。

没有哪个文明国家像中国假期这么少。新年是全国休息的日子,是一年中所有店铺全部歇业的唯一的一天。

中国的新年和我们的新年并不在同一天。节日从除夕开始,也就是旧历十二月的最后一天。整个中国——男人、女人，还有孩子——都熬夜迎接新年的黎明。他们尽情燃放鞭炮，以此来迎接新年。我认识一个香港人，他有点儿耳背。他说他的耳朵在广州过年的时候受到了严重的伤害。我自己也曾在中国的城市亲眼目睹新年的鞭炮释放出的浓重烟雾，就像我此时此刻所在的伦敦一样，浓重的大雾令人厌烦。

从除夕的子夜开始，每个中国家庭都会被装饰一新，打扫得干干净净，以便迎接来访的客人。祖先的牌位前供香并长燃不灭。乌木雕刻的家具被擦得铮亮。新砍的甘蔗摆在门前，作为礼品的茶叶堆积如山。一家之主一直留在家中对每一位来访的客人表示崇高的敬意。女人和年轻男子很早就出门了，因为要给很多人拜年。

每位来访者都会留下一张红色的中式长纸条，上面印着来访者的名字、职务和地址。朋友之间互赠茶叶、糖果、饰物和水果，互相交换长篇的恭维话。书写这种话语在中国是一门卓越的艺术。主人会用茶和点心盛情款待客人，此外还有各种别出心裁的糖果、金箔包裹的烤猪等等，一应俱全。

新年这天，中国人都要穿上节日的盛装。成为朝廷的官员是每个中国人的梦想。所以一到新年，几乎每个中国人的衣服都在法律允许的范围内尽可能地模仿官员的服装。新年这天，在日本——除非碰巧，确实有时候是这样，当他们和西方人产生了龃龉时，我们就会遭到他们的白眼——每个日本人都会身穿英式长礼服，头戴大礼帽。但是中国人总是相当保守，他们庆祝自己国家的盛大节日时，丝毫没有向我们借鉴的意思。阿妈理想中的节日盛装包括一顶圆形的帽子、一个长长的丝制斗篷、一双巨大的鞋子和一双滑稽奇怪的袜子。

无论中国人做什么，总是很认真很彻底。认真是中国人的主要性格特征之一。他们是世界上最勤劳、最不知疲倦的民族。他们几乎没有度假的概念。但是一旦他们真的要度假，就会狂欢；而一旦狂欢，就非到极致不可。工作时，他们很讲究方法，会运用体力，持之以恒，而且力求精确，这令欧洲的企业自叹不如。如果记账，他们会计算到零头后面的零头，要精确到我们忽略不计的位数之后好几位。喝茶时，他们品味的感觉好像在其他任何地方都喝不到这么地道的茶水一样。同样，想尽兴地玩儿的时候，他们也不会漏掉任何细节：点燃更多的灯笼，让欢乐之光多照出一寸节日的庆典；奏响更多的琴瑟，让振聋发聩的乐声增强节日的喧闹和热烈。中国人亲近市井的喧扰声，甚至对高分贝的吵闹声也很有好感。

仅次于嘈杂声的还有赌博，这是中国人非常喜欢的一项活动。新年时，他们往往沉溺其中。赌博是一个非常糟糕的习惯，但是中国人很会玩，在中国，赌博甚至成了一门优雅的艺术。我不得不承认我喜欢看他们赌博，尽管这是他们国民的一大缺点。尽管我应该表示厌恶，但实际上我从来没有对此真正反感过。显然赌博给中国人带来了极大的不幸。新年前后一段时间几乎成了赌鬼们的狂欢节。啊，是的，中国人的缺点这么少，我认为他们服了这个罪也无所谓——我可是很严肃的。赌博也是他们思维敏捷、意志坚强、手指灵活以及富有冒险精神的产物。

也许你在对我皱眉头吧？因为我说中国人缺点很少。但我坚持这一看法。如果你像我一样曾经身处他们中间，如果你可以打开他们的心扉，如果你也像我一样逐渐地了解了他们，我相信你一定会同意我的说法。我并不是说所有的中国人都让我们欧洲人看着顺眼，但我仍然认为作为一个独特的民族，他们值得所有欧洲人尊重和信赖。或许你曾经遇到过一些很坏的中国人？我也遇到过。但这说明不了任何问题。嗨，我也曾遇到过一些很坏的英国人，我甚至也遇到过一个很坏的美国人。欧洲游客最大的错误就在于，他们往往仅凭几个他们几乎不怎么了解的属于那个伟大国家的成员，就形成了他们对一个伟大而独特的东方民族的判断。最近，我正好听到了一个很能干、口才也很好的人和一位杰出的英国医生之间的对话：“我有十个发烧的病例表明病人的体温降低就是因为……”——他主张的那种治疗方法。

“拿出一万例这种病例，证明的确如此，我才会考虑它是否值得进一步的科学研究。”医生回答他说。我认为这是非常明智和谨慎的推论。我希望那位杰出的医生能够去亚洲旅行并记录旅行经历。无论他做什么，他都会做得很好——他的平静和精确会使他在任何领域都非常出色。阿加西[①]从来不会仅仅根据他所观察到的单只燕子就对整个燕子家族妄下结论。如果仅凭几个陌生而又荒唐的中国人就去判断数以万计的全体中国国民，这只会令我们自己显得愚蠢而可笑。以此类推，我们是否可以因为伦敦有那么多不幸的女人而想当然地认为弗罗伦斯·南丁格尔是堕落的？是否可以因为我们的清洁工目不识丁就断定丁尼生[②]也是个文盲？同样，难道我们能因为伦敦东区的白教堂曾经出现过一个开膛手杰克[③]，就要断定高等法院的首席法官是一个杀人凶手吗？

中国的新年必须要燃放鞭炮，这一定为很多穷苦人提供了就业机会。鞭炮的种类繁多，每年的新年，燃放的鞭炮数量也决不是眼界窄的人或者能力差的数学家所能计算得出来的。我们曾经深入中国腹地。那是一个中国旧历新年的早晨，我们发现不远处有一个奇怪的深红色小土堆，出于好奇就走了过去，直到走近了才发现那是大量鞭炮燃放后的残留物。燃放的鞭炮被人顺手扔进了一个开有野白玫的花坛中。玫瑰花的茎叶都被烤焦了，这应该是好几周之前的事了。现在，鞭炮的碎片都已经腐烂，倒成了玫瑰花根的肥料。玫瑰花从深红色的鞭炮残片中顽强地钻了出来。在这红色烟火的残片下，一大片娇嫩的花朵正吐露着芬芳。

---

① 阿加西(Alexander Agassiz，1835～1910)，美国动物学家及地质学家。——译者注

② 丁尼生(Alfred Tennyson，1809～1892)，维多利亚时期代表诗人，主要作品有诗集《悼念集》、独白诗剧《莫德》、长诗《国王叙事诗》等。——译者注

③ 开膛手杰克(Jack The Ripper)是1888年8月7日到11月9日间，于伦敦东区的白教堂(Whitechapel)一带以残忍手法连续杀害至少五名妓女的凶手代称。至今他依然是欧美文化中最恶名昭著的杀手之一。——译者注

中国的美和中国人的杰出被他们同时具有的怪异和缺陷蒙蔽了。就像我们对鲜花视若无睹,反而对那些衬托鲜花的背景看得分外清晰,这难道不是很奇怪吗?

我以前听说中国的玫瑰是没有香味的,这证明想象力对人的制约是多么强大。我觉得我从来也没有见到过比中国的野白玫香味儿更浓的花了。

我们对中国的误解实在太深,世界上再没有哪个国家遭受过这么深的误解了。但是,同样地,世界上也没有哪个国家可以像中国一样对别人的误解如此漠不关心。

第七章

东方的葬礼　中国的棺材

中国人一生当中最重要的事情莫过于葬礼了,但愿我这么说并没有显得急于炫耀自己的爱尔兰血统。

一群中国人就是一个人类噪音的集合体,而中国人的葬礼又是最能制造噪音的仪式。他们总是食欲不错,但在葬礼的宴席上则吃得最多。我初到中国时,常常发觉自己简直无法区分街上的游行队伍究竟是葬礼队伍还是婚礼队伍。其中一个队伍中间有人用肩膀扛着装着尸身的棺材;而另一个相似的人群肩膀上扛的则是新娘的花轿,她坐在一个封闭的轿子里,后面紧跟着她的是女傧相。但是,对一个粗心的旁观者来说,两支队伍的两端在任何方面都非常相似,都有鼓声,都有穿着红色衣服的苦力抬着烤猪和其他美味的食物,瘦小的苦力捧着廉价的纸制饰品,就是中国剧院常用的那种——这些都是两支行进队伍的共性。

如果你真的了解中国,就会发现它其实是东方国家中最容易描述的一个。尽管想要了解中国是非常困难的,因为他们过于排外。然而,一旦你得到某种发现,它必定是准确的。善变的日本人有几百种不同的生活方式,而保守的中国人只有一种生活方式。印度半岛上居住着上百个不同的民族,这些民族有着不同的起源,讲着不同的语言,遵循不同的法律,穿着不同的服饰。这些印度部落或多或少地混居在一起。他们的国家人口过多,所以他们必须如此。但他们几乎没有从彼此间学到过什么,也不知互相借鉴。他们相互之间也几乎不怎么通婚,由于这本书并非一部学术著作,因此我或许可以说他们从来也不曾通婚。狭隘的偏见或者严重的保守(不管出于什么原因)令这些小小的印度部落彼此之间深深地隔绝着，这些因素同样也令中国这个有着众多人口的国家和世界上其他地域隔绝开来。但是，和古板保守的印度人不同，中国人借鉴了许多外来的思想。我们不能因为中国人不愿和我们融合，也不愿向我们敞开心扉，或者不允许我们进入其家庭或其国家的腹地，就认为他们从未从我们身上学到什么。事实上，他们已经学到了很多，他们正在学着，将来也会继续学习。他们从我们这里借鉴来的东西，都已经不着痕迹地融入到了他们独特的民族生活和思想里了。那些肤浅的欧洲游客们，从未怀疑过中国日常生活中的许多便利用品其实都是改造自日耳曼等欧洲民族的日常用具。

中国人是当今世界上最独特、最古老，也是受误解最深的民族。之所以说他们最古老，是因为许多世纪以来他们是变化最缓慢的民族——他们根本就没有发生任何变化！今天的中国跟马可·波罗所看到的中国几乎完全一样。13世纪，中国和欧洲之间的贸易往来非常频繁。一条长长的商路从中国的南方诸省一直延伸到意大利的热那亚。那些中国商人花费一年的时间从他们的故乡辗转来到繁荣的意大利市场，带来了珍贵的丝绸、薄纱、象牙和珍珠，这些几乎和近几年成群结队奔向澳大利亚矿区和加利福尼亚金矿的中国人所携带的货物没什么两样。

欧洲人积极的生活方式已经极大地影响了中国。中国大量的剩余劳动力奔涌而出，流入欧洲。总的说来，我们在中国所受到的待遇要比中国人在欧洲的境遇好太多了。我们经常蛮横无理地对待中国人。尽管如此，他们仍然得其所需：赚到了足够的钱返回他们的天朝帝国，过上富足的日子，最后风风光光地入土长眠。他们其实还带回了比欧洲的金子更珍贵的东西。有些欧洲人也曾经到过中国（这里并不包括传教士——我把他们看作一群特殊的人）。可我们从中国得到了些什么？一段特殊的经历（对我来说是一段非常愉快的经历），还有我们花高价买来的飘香的茶叶和绣花丝绸。中国人对我们以礼相待，但我们迟早还是会被迫离开，如果不是因为皇帝，那么就是因为气候。

中国人至少有三种宗教——儒教、佛教和道教。但是这三大教派中，葬礼的仪式即使不能说是完全一样的，基本上也相差不多。这里有几个原因。这三种宗教本身都很相似，在很大程度上都建立在印度佛教的基础之上。而且，在中国，宗教并不是最重要的，教徒也不是一个受人尊敬的上等阶层，他们经常在公开场合遭遇众人的无礼相待。在中国，也没有宗教之间的纠纷。宗教差异被大家看得很淡很平常，两个不同信仰的教徒在同一屋檐下和睦相处是常见的事儿。孝道才是中国真正的宗教。整个中国是一个大家庭，皇帝就是他们“伟大的父”。顺便说一下，“伟大的父”是北美印第安人对上帝的称呼。中国人把皇帝当作神灵一般供奉。你看，我们人类多么爱用不同的方式来重复着有限的几个愚蠢的想法啊！关于中国的葬礼为什么都极其相似，还有一个原因——中国是一个礼仪之邦。仪式中那些最琐碎的细节在《礼记》中都有规定。哪怕违背一丁点儿这本国民生活指南中的规定，就是犯罪，就会受到严厉的惩罚。

中国的葬礼只可能在两方面有点儿区别，首先是在花费的钱财上，其次是死后下葬的时间上。

每一个中国人毕生的愿望就是能拥有一口满意的棺材。穷人为了攒够棺材本，会一连好几年都让全家人忍饥挨饿，从而每天积攒下一点儿钱。当棺材真的买来之后，他们会举行一个盛大的仪式把它迎进家门，安放在家中最神圣的地方，作为最珍贵的家具。一个孝子通常宁肯卖身为奴，也要给父亲买一口上好的棺材。这种孝行总是会得到当政者的褒奖。子女对父母的顺从在中国社会中占据着绝对核心的地位，政局的安定也仰仗于此。那个世上最精明、最勤勉的政府当然决不会放过任何机会对全民或个体进行强化孝道观念的灌输。中国的贫民阶层通常都会买那种很厚实的棺材。任何一个要强的中国家庭(中国人是所有民族中最讲脸面的)都会等到他们有能力给父母办一个风风光光的葬礼之时，才让他们下葬。因此，在中国，死亡并不意味着马上就下葬。当有人去世时，他的左邻右舍都会赶来帮助这家

福州歌女

的女人做寿衣。尸体就存放在棺材里，如果他们有足够的钱，就马上办葬礼。如果钱不够，棺材就会被重新放回原处，直到家里攒够了钱。赚钱在欧洲有时也得费些时日，在中国则会更慢。为了办一个风光的葬礼，尸体有时会放在棺材里等上个二三十年，在这种情况下，一个厚重的、密不透风的棺材的必要性也就不言而喻了。通常，中国的葬礼还需要额外的长途搬运费。如果暂时不能把死去的父亲和祖先们埋葬在一起，中国人宁愿不下葬，也绝不会随便找个地方埋了。而祖坟常常位于遥远的故乡，旅行的中国人离家再远，死后也要魂归故里。

死亡当天或者第二天，死者那些居住在外的亲属以及朋友们，会来给他吊唁。吊唁者到了之后，会被带进一个房间，家里所有的女人和孩子都在那里。妇孺们会嚎啕痛哭，有些吊唁者也会加入其中，有些则满怀同情地在一边听着。当鼓声敲得震耳欲聋时，宾客们就会被带入另一间房。主人会给他们提供一些茶点。这些都根据家庭财力而有所不同。富人家里会安排一顿宴席。来宾酒足饭饱之后，会有一位死者家属领着他们退席。

丰盛的中国宴席，无论在何地，无论出自何由，都至少有这么五道菜：

1. 非常油腻的浓汤；
2. 凉拌菜和肉食；
3. 燕窝、鱼翅等滋补品；
4. 炖品；
5. 水果和糕点。

前四道菜用筷子或汤匙，最后一道直接用手拿着吃。难道这不正是吃水果的最佳方式吗？前四道菜一出锅就会端上来，除非饿极了，否则中国人一定会趁饭菜滚烫的时候就吃。不过我认为甜点除外。同时，令人奇怪的是，中国人也会吃大量的冰块儿。酒会随着每一道菜上来——酒是热的。这些酒并不容易醉人，而且很符合我的口味，好喝极了。在美国，我常常会和一些铁杆酒鬼一起用餐，他们对戒酒令十分恼火。一天，他们给了我一杯没有发酵的酒，喝下去感觉简直糟糕透了！但是在中国，主人知道如何做既不让自己难堪，又能让客人免受酒精的折磨。

在隆重的中国宴会上，女性只能躲在镂空的屏风后面观看。中国人认为酒桌是人与人之间沟通交际的最佳场所。

一场办得很风光的中国葬礼堪称亚洲最奢华的场面。我们可能会觉得有点儿华而不实，但这只是喜好的不同而已。不过，我虽然喜欢中国人，也不能说他们在所有事情上都有很高的品位。

走在送葬队伍最前面的是又吵又毫无乐感的乐手。他们后面跟着一些人（朋友或苦力），佩带着表明死者头衔的标志，如果他生前有的话。后面更多的人抬着一些纸做的动物、雨伞、神像等，以及蓝白相间的幡。后面还有些人捧着一锅锅香料。走在棺材最前面的是一群和尚——中国的教徒。棺材上面通常会有一个罩，大约由二十人抬着。紧跟在棺材后面的是死者的后代。长子走在最前面，他穿着帆布服，重重地靠在一根粗棍子上。他应该由于不思茶饭和过于悲伤而精疲力尽，如果没有棍子支撑，他该无法继续前行。其他的孩子和家属都跟在后面，他们都穿着白色的麻布袍。白色是丹麦人和中国人殡葬用的颜色。在送葬队伍中，女人都坐在椅子上被人抬着。他们每隔一段时间就一起大声恸哭或小声抽泣。

送葬队伍通常都会走很长一段路。墓地无一例外，都会离小镇或村庄有一段距离。墓地的地势一般较高。如果有条件，周围会种上松树和柏树。如果墓地选在一个风水宝地，死者应该也会感到非常欣慰。要是一个中国家庭总是走霉运，他们常常会考虑把祖先的遗骨迁到一个风水更好的地方。

到达墓地以后，和尚们开始为死者诵经。棺材被放进坟墓里。当棺材最后被安放好之后，墓地前面就会摆上一张长条的白色大理石桌。在桌子中央，摆着一个香炉、两个花瓶和两个烛台，所有这些做工都十分精美。接着，他们会给死者烧纸扎。纸做的人、马、衣服等等都会被烧掉。他们认为这些东西都可以在冥界复活,死者在中国的天堂可能会用得着。墓穴被填死后,墓地前还要有一场表演才会结束整个仪式。

由于省份的差异,更主要的是由于承办葬礼的家庭财力不同,中国坟墓的形状多少也有点儿不同。穷人直接把棺材放在地里,周围用土和石灰掩埋,就完成了一个简陋的坟墓。富人则要修一个半圆形的墓穴。如果死者生前很有名望,坟墓和棺材都会装饰得十分精致。关于中国的丧事、祭奠死者的仪式以及中国皇家葬礼,有太多有趣的事情可说。但是用一段文字或者一页纸是肯定说不完的,那我就到此为止吧。

中国人对故土那份狂热的爱着实令人感动。许多人为此从生到死都没有过上一天舒心日子。这就是为何我们有时会看到,我昨天还亲眼看到过,一个头戴镶有红色顶珠的帽子的清朝官员漫步在伦敦的街头,也是为何旧金山一半的脏衣物都是由中国人在洗涤。但是无论这些中国人走到哪里,他们都带着自己的棺材。他们希望能够死在中国,但如果他们不幸客死欧洲、美国或者澳大利亚,那么他们最后的遗愿就是能够被运回中国安葬。

第八章

东方的婚礼　中国婚礼

在中国，皇帝死后100天之内不允许举行婚礼。但是除此以外的日子，大街上不同规模的迎亲队伍真是一个接一个，没完没了。

从理论上说，皇帝是唯一在结婚之前见到过他妻子容貌的中国男人。但事实上，在穷苦人家，男孩和女孩一起长大、一起玩耍、一起干活，也会彼此相爱。即使在有钱人家，女孩子虽然不需要抛头露面谋生，但恋爱结婚也并非罕有。中国的文学作品中就有很多浪漫的爱情故事。中国的爱情诗无论是从中国人的角度还是从整个人类的角度来看，都是无比出色的。

中国最隆重的婚礼要数皇帝的大婚了。每一位中国高官显贵家庭里的小姐都渴望与皇帝结亲。皇帝登基以后，宫廷里的高官们就会献上他们未出嫁的女儿供皇帝挑选。皇帝从中挑选中意的，并与之结婚。被选中的女孩儿们会一起庆祝。

无论如何，中国的皇帝从来都不会和外国王室联姻。中国的皇室成员都是纯正的中国人。皇帝通常会将女儿嫁给他宠信的大臣。如果一个家族可以把女儿嫁给皇帝，让她成为他众多妻妾中的一员，或者一个家族能够娶到皇帝的女儿，那么这个家族肯定会获得极大的权力和影响力，以及各种各样的荣誉。只要皇帝乐意，他可以拥有无数个妻子。他绝对是至高无上的君主，是中国的统治者。难以计数的臣民都要臣服于他，只有一个人敢于反对他的意见，可以训诫他，甚至劝阻他，这个人就是他的母亲。除了皇帝的母亲和公众民意，在中国没有比皇帝更强大的力量了。如果这二者的意愿足够强烈的话，或许还可以左右皇帝的决定。

在皇帝众多的妻妾中只有一个人等级最高,她被称作皇后,享有很多特权,同时也有着广泛的影响力。中国皇帝的众多妃嫔都被关在她们自己的宫殿里,绝对安全,但和外界没有任何交流。外界也不了解她们的生活。其实,她们看到的中国就和穷乡僻壤的农夫看到的世界没什么两样,如同井底之蛙。如果皇帝的某位妃嫔钟情于某个著名城市,那么很可能这个城市的微缩模型就会被移植到皇宫园林中去。用什么方法能够把山带到穆罕默德面前呢?大概这也是一种办法吧。通常,妃嫔可以坐在屏风后面观看典礼和盛宴。除了基本的人身自由和正常的社交生活,应该说她们是相当自由的,我想她们都接受过良好的教育。虽然我没有结交过中国皇帝的妃嫔,但是我认识一些地位稍低一级的贵妇,她们都接受过相当高水平的教育。没有哪个国家会像中国那么重视教育——中国人对教育的力量有着太深的了解。也没有哪个国家的教育比在中国更重要,因为在中国,一个人的级别完全取决于他能够做什么或者曾经做了什么。所以那些渴望把女儿送给皇帝的宫廷高官们都尽可能地为她们提供一切良好的受教育的机会。只有这样,他们靠女儿巩固和扩大权势的迫切愿望才有可能实现。

中国的寡妇可以再婚,但是这种行为并不为人们所鼓励。皇帝死后,他的妃嫔们决不允许再嫁。他死后,这些女人会被转移到宫廷内一处专门的院落。这个院落被称做“冷宫”。皇帝的遗孀,除非她是继位的新皇帝的母亲,否则就要在那里终老。但是她们会享有极高的荣誉,受人尊敬并且衣食无忧。

中国皇帝最宠爱的那个妃子也是很有权势的,因为受宠,也更容易稳固自己的权力。按照中国的审美标准,她应该是非常美的,否则皇帝也不会选中她。她很可能有着非同一般的家世背景和教育背景,很可能是一位才华出众的女子,因为她是宫廷大臣的女儿。在中国,胸无点墨的人是无法成为宫廷高官的。同时,她当然也是中国衣着最为考究的女子。她什么也不用做,只需要迎合和取悦皇帝。尽管女性的地位在中国已经有所提升，但她不属于任何一个利益集团，她也不能公开发表言论。然而，能被尊贵的主人般的丈夫所宠爱，这就足够了。许多中国的皇帝都曾因最宠爱的妃嫔死去而极度悲伤。17 世纪中期，顺治——本朝的开国皇帝，用了三十多个仆役为他最宠爱的妃子殉葬。那是个小小的殉葬风俗，现在已经不存在了。目前，人们会在死者的坟前燃烧纸人，这样死者的灵魂在来世就不会缺少仆人了。但据我所知，几乎所有的中国人并不真的相信来世。对于一个始终表里如一的民族来说，这是多么稀奇的特例啊！

先前说过，唯一敢于反对皇帝意见的人就是皇帝的母亲。但是当皇帝去探望他的妃子们时，在守卫森严的后宫花园里正进行着怎样残酷的厮杀，恐怕没有人知道。我不认为那些锁在深宫后院里的妃子们是软弱无力、与世无争的。在印度，我知道有一个君主对他那居于深闺却尖酸刻薄的妻子怕得要命。

中国地域辽阔，各地风俗习惯基本相同，但在一些细节方面也有很大的区别。这大概就是几乎每一篇对中国婚礼的英文记述都大不相同的原因之一。但更主要的原因我觉得是，中国人对所有事情的那种坚不可摧的沉默，让西方人很难了解到这一主要的习俗。

中国人订婚的年龄差别很大。我见过有的中国新娘还是孩子，也有的已经是半老徐娘。

通常中国男人的妻子是通过“购买”得到的。直到结婚那天，才能（或者说才应该）看到妻子的模样。但是家里的女眷可以提前仔细端详女方并向他转述，如果他的父母健在，也要向他们汇报。如果前期的所有细节都令人满意，那么就不用再讨价还价了。新郎支付给新娘的父母约定的“妻子的价格”后，回到自己家里，就会发现素未谋面的新娘已经在等他了。新娘是坐着封闭的花轿被抬来的。路上，花轿一般被抬着走在送亲队伍的中间或者最前面。送亲队伍的规模和复杂程度就要视新郎家的财力而定了，一般都是极力铺张和标新立异，充分彰显着中国人无以伦比的想象力。送亲队伍中，有灯笼、乐器、扇子、雨伞、标志家族等级的东西，还有摆满了烤猪和各式甜点的桌子。抬这些东西的人都要穿着鲜艳的红色衣服，或者至少穿着红色的外套。乐手们演奏着，人群吵闹着，典型的中国式的单调。轿子后面跟随着两个傲慢的女傧相。轿子是被锁起来的，钥匙在一个值得信赖的仆人手里。新郎身穿结婚礼服在自己家门口等着。中国的礼服是所有豪华服装里面最豪华的，它的颜色和样式细节完全取决于主人的社会级别。当轿子的钥匙递给新郎，他就走上前去，拥挤的人群向后散开。新郎打开轿门往里看，如果他满意，就欢天喜地把新娘领进家，举行婚礼。如果不满意，新娘就会被送还给她的父母，也就没有了后面的婚礼。但即便新娘被退回，付给这个女孩父母的聘金可一点也不能少。结婚之后，他也可以休妻，但需要支付和当时“聘金”同样数量的钱，相当于以她最初的价格退还给她的父母。一般中国人认为最值得同情的退婚原因是新娘的父母不据实相告，比如女儿的容貌和体态与他们所说的不一样——最严重的是，如果她有一双大脚——那么男方提出休妻就是理所应当的。

如果新娘讨得新郎的欢心，他们就会走进新郎的家里，亲朋好友随后跟进来，一个盛大的婚宴就开始了。我认为对中国人来说，婚礼仪式远没有婚礼上的酒宴重要。这一点几乎东方各民族都出奇地相似。按照我的理解，中国婚礼上最具有仪式性的重要细节就是用一根红绳将新郎和新娘的手脚拴在一起。

我个人认为，描述中国女性的地位是最困难的事情。还是那句话，要想从中国人口中得到可靠准确的信息简直是太难了。但比这更难的是中国女性的社会地位无比复杂。作为一名妻子，她位于丈夫之下，并服从他，因为中国人认为男尊女卑。作为一个母亲，她的地位又在她的儿子之上，他需要顺从她，因为中国人又认为母亲对儿子有着至高无上的权利。看来，在中国人心目中，父母长幼的尊卑要比性别的尊卑更为重要。

我所看到的中国当然是有限的，但我对中国的观察也是十分真诚的。我发现并非所有的中国男人都对女人无情。我在香港和广州的时候，曾经有一段时间居住在水上人家。在这两个城市，有成千上万的人住在简陋的本地小船，也就是舢板上。尽管他们极度贫困，但每个小家庭看起来都那么开心、那么知足。女人们辛苦地劳作，但是显然，家庭里的大小事务都会征求她们的意见。我还没有见到过哪个民族的女性比她们更少受到丈夫的呵斥。他们吃的饭常常很粗劣，通常会分成很多份，但大份的总是要给妻子，少量而味美的则分给孩子。的确，在中国的穷苦阶层，女性会承担超负荷的艰苦劳作，因为穷困而不得不去做繁重劳动的女性比比皆是，但事实是她们都非常强壮。贫民阶层的中国女性在田地里耕作、在香港的街头砸石头、在广州河的停船与河岸之间来回搬动沉重的行李箱。但她们在自己家里也并不是没有地位。我相信她们不会被拳打脚踢，甚至怀疑她们是否曾经受到过责骂。

中国的绅士都是彬彬有礼的，这可并非人尽皆知。因为中国的上流社会根本就不愿意了解我们，也不愿意我们了解他们。我们认识一个官衔相当高的家庭，并曾经和那家的男主人以及女眷们一起用过餐。不得不说，这位绅士事实上有两个妻子。我不知道平时妻子们是不是和他一起用餐。我想可能因为我们在那儿，考虑到我的感受才那么做。但我又不十分确定，因为她们都表现得非常自然和平静。我能够确认的是，这家的男主人对她们的确自始至终都很周到。我相信，大部分中国人对婚姻生活是非常满意的。既然他们满意了，那么按常理来说，他们怎么可能允许被侵扰呢？即使上层社会的中国女人不能总是，甚至不能经常享有家庭生活中的最高地位，但她们至少受到了恭敬礼貌的对待。中国有一句俗语——我觉得非常有趣——是这样的："你要倾听妻子的声音，但是不必服从。"

第九章

中国的鞋子

中国女人都有一双大脚。她们虽然以“三寸金莲”而著称，但事实上，没几个中国女人天生是小脚。我们常常会被名声所愚弄。但是，即使是中国女人巨大的脚指头，也会显得很小巧，因为畸形的扭曲状态使之伪装成了整只脚的形状。

再没有什么比认真彻底更能代表中国人的性格特点了。全世界所有的文明人当中，中国人的长相是最不起眼的。但是当他们开始着手打扮自己时——甚至包括女人的脚这种极次要的部位——他们都要把它做得认真彻底。他们不会在鞋底中间安一个高跟让脚显得小一点，他们也不会荒唐地用绸缎做出一个尖尖的假脚趾。都不是！他们把四个脚趾向后掰，只剩下一个大脚趾独自在前，让整只脚看起来可爱、娇小。

对我们来说，小脚的中国女人是双重灾难的受害者。其一是，当她们的脚在被弄成畸形时要遭受巨大的痛苦；其二是，她们残疾的双脚几乎毫无用处，根本无法进行体育锻炼。

我们认为体育锻炼是人生幸福的一大特权。中国人则把它当作一种完全被动的需要。

我们西方人所做的大部分事情是因为我们喜欢去做；而东方人所做的大部分事情却是因为他们必须得做。

这就形成了巨大的民族文化差异，也让我们更不容易做出正确合理的判断。但忽略这一点必将对亚洲人民造成很大的伤害。

中国女性几乎没有听说过网球、高尔夫球、骑马狩猎，甚至连富有动感和激情的西方式舞蹈也不了解，就像我们不知道鱼头汤、燕窝粥一样。而且她们对此也漠不关心。

大部分裹脚的中国女人都忍受了短暂的痛苦。但是这样一来，她们就永远不必过清苦的生活了。自愿进行不必要的体育锻炼，并且把它当作一件乐事，对一个神智健全的中国人来说是件不可思议的事情。婆罗门所梦想的极乐世界，也就是安逸闲适，这在最得上天眷顾的中国女性那里得以实现。

弥尔顿[①]或许曾经描述过小脚的中国女人（如果他认识她们——如果他对她们感兴趣的话）："彼坐待者，都为其役。"她们坐在那里等着西方人启蒙时，的确是满足了她们民族对安逸的追求，但其实就连这种启蒙她们也毫不渴望。

中国人是地球上最勤劳、最不屈不挠的民族。因此，中国古代的贵妇人比其他任何国家悠闲的女人干的活都要少。

天性是一个伟大的给予者，它给了我们太多安慰。多亏了天性，我们才不至于集体疯狂。它在疲惫的、过于操劳的中国人耳边低语："休息是最高层次的幸福，闲下来你就会进入天堂。"

中国人给女人裹脚，并非出自残忍的虐待心态。他们这么做，部分原因是一种畸形的、过分扭曲的民族虚荣心，但是更多的则是出于一种怜悯的慈爱。那些小脚女人不能再从事繁重的体力劳动，也不能再顶着烈日辛苦地照料水稻幼苗，更不能撑着沉重的舢板在拥挤的河道中来回往返。

中国人不是要剥夺他们中意的女人生活的乐趣，而是要把她们从艰难的生活中解救出来。西方人普遍认为，书中也是这么说的，中国贵族阶层女性的脚都是裹着的，农妇则没有裹脚。曾经有人说，如果

---

① 约翰·弥尔顿(John Milton，1608～1674)，英国诗人、政治家，代表作品有《失乐园》《复乐园》和《力士参孙》等。本句原文应为"They also serve who only stand and wait."是他的诗歌《论失明》里的最后一句，传教士麦都思将其译为"彼侍立者，都为其役"，作者此处将"stand"改为"sit"。

你想知道一个中国女性的社会地位，只要看她裹没裹脚就行了。我甚至从那些装订精美、貌似客观的书中看到过这样的记录：中国所有的女人都是裹着脚的。

除了孔子的后裔之外，在中国没有真正意义上的贵族，只有由于个人功绩而得到的一时的华贵。我们说一个清朝官员是“高贵”的，是因为他有才能，或者非常富有。只有富裕了，他才有能力给他的女儿裹脚。她不必再干活儿，可以进一步确保她拥有一辈子衣食无忧的悠闲生活。脚被裹了，她就可以衣来伸手，饭来张口，永远也不必辛勤劳动，不必靠自己优雅孱弱的身体里流出的血汗来维持生计。

这种认为所有中国女性都裹脚的荒谬想法是如何钻进这些无比愚蠢的西方人脑袋里的，我们无从得知。同样的思维方式使得我一位旧金山的朋友说出如下这番昏话：“你不用告诉我哪个中国人有什么优点，因为我知道他们根本没有。我认识两个中国人，他们帮我洗衣服，他们都是小偷，就会撒谎和赌博。”

在贫困阶层（我们必须放弃使用“农民”这个词，因为最高贵的人也可能出自其中）——在贫困阶层，通常情况下，每个家庭里只能有一个女孩儿裹脚。如果他们能够养得起她，家里最漂亮的那个女孩将会被裹脚。你不要天真地以为她会痛恨裹脚，相反，她很高兴。从此，她就只需要去干一些很轻松的活儿。而且在广阔的中国婚姻市场上她也会有一个更好的价格。或许将来她有能力回报为她付出了许多的家。最不济也会让父母感到安慰，至少自己的一个至亲骨肉避免了为生存而流血流汗的痛苦挣扎。

中国的鞋匠是最棒的。每一个身处亚洲的欧洲妇女都会觉得他们收费低廉，又令人愉快。他们干起活来既快又熟练，还没有瑕疵。尽管目前处于艰难时期，但我依旧穿着漂亮的鞋子。这都得感谢一个矮小的黄种人，他居住在加尔各答的本特克大街。我忘记了他的名字，但是我会给他一个最诚挚的问候。我可能会付不起房租，也可能会买不起煤炭，但是我的双脚依然稳稳地站立着。我有一个箱子，里面盛满了可爱的鞋子。最贵的一双花了我六个卢比。按照规矩，由我提供绸缎并且多付给鞋匠一个卢比手工费。昨天我和一个朋友一起去逛街。她买了一双法式长统靴，看到她付了这么高昂的价钱，我心里更是对中国鞋匠充满了好感。

再没有什么比禁欲主义更能反映中国人的彻底性了。嗯，我只见到过一家中国医院，就再也没有勇气进入第二家了。在香港，一个朋友在英国人开的医院里工作，她带我参观了那家医院和东华医院。英国人的医院是一个可以获得救助、减轻痛苦的最佳去处，而且也非常舒适。中国人办的医院则是一个恐怖之所。那里也有管理制度，但是条件很差。陪伴我的中国绅士告诉我说病床只有一些光板儿，因为病人不习惯有其他东西，也不会喜欢其他任何东西。然而，为什么精神病房会是那个样子，他并没有解释。真的，我独自走进了精神"病房"，我的两个陪同在门口等着我。他们这么做简直是太明智了。

在药房，一切看起来都那么井井有条。我相信我们应该可以从中国人那里学习很多伟大而有价值的医学知识。他们的药、器械和疗法都值得我们进行充分而系统的研究。

中国人对手术刀十分畏惧。然而，近几年他们在手术方面也已经取得了长足的进步。我觉得中国人的药典非常丰富，里面包括许多药效神奇的草药，而对于这些我们还一无所知。

我应该客观地讲，东华医院非常干净。它的确很干净，但是也有一种难以描述的恐怖。这是一个令人痛苦的地方。病人和将死之人躺在那儿，我想，他们一点儿也得不到同情，更别提精神上的安慰了。在那里，人们很容易对这种漠视进行谴责，但是却很难做出公允的评判。可能那些可怜的家伙会憎恨别人的同情或者拒绝一切安慰。至少，他们是这么告诉我的。我试着做到公正客观，但是走出装饰漂亮的候诊室之后，东华医院仍令我忧心忡忡，我确信精神病房是这块飘扬着英国国旗的土地上的一大耻辱。

从东华医院出来，我们往前走，来到了英国人开办的医院。这是一个仁慈之所。一位有着褐色眼睛的漂亮修女微笑着接待了我，带我进入了第一间病房。在她的腰带上，朵朵英格兰玫瑰正静静地盛开。

中国人为了生存表现出一种大无畏的英雄主义精神。中国有相当的人口居住在水上。我不记得在香港和广州是有几千还是几万人居住在舢板上，但是人数庞大。我在香港结识了一位女性朋友，她是在舢板上出生的，结婚时也只是从一条舢板嫁到另一条舢板上。在她丈夫那条短小整洁的舢板上，她后来成了七个孩子的母亲。她离开舢板的时间从未连续超过五个小时，她的爱恨、好恶、恐惧和抱负，都牢牢地绑在这条原始的香港舢板上。

当你想起英国人统治下的香港，你会想到它那无与伦比的美。当你想到中国人统治下的广州，你会想到它那亚洲式的超级的人口密度，你还会想到它外部的那层浮渣——一个由贫穷、舢板构成的浮渣。中国，这个生育能力过强的国家，人口已经多得溢了出来，流进了黄色的江海。他们相信生活不仅需要惬意，而且也应实际。在中国，我还没见过有什么比舢板上的生活方式更奇妙的呢。他们在那个简陋而小巧的船舱里做着必须要做的事。尽管如此，他们的船舱绝对干净，十分符合那些希望花少量钱就能在广袤的中国海域度过一次舒适的长途漂流的欧洲人的需要。

大自然在中国也变得极端。香港下雨时，整个岛屿都会被瓢泼的雨水浸透。相比之下，欧洲大地上曾经降下的最大的雨水也显得像薄雾一般。上次我们在香港的时候，雨正下个不停。从下船到旅馆之间的这段路上，我们的行李箱完全浸湿了。当我打开那可怜的皮箱时，真是异常恼火。我的侍女哭了起来，可能是她预见到了额外的湿漉漉的活儿。我们多订了一个房间，想尽一切办法除去安·奈维尔黑色天鹅绒和保兰·迪查拜尔白色婚纱上的污渍。但是，唉，中国的大雨把这些衣服搞得到处都沾满了污渍。我仍然是一个沮丧的各式各样昂贵礼服的拥有者，这些礼服都被倾盆大雨浸透了，已经没有了原来的颜色。雨点儿到处飞溅，竖的、斜的交织在一起，好像来自沸腾的大地。

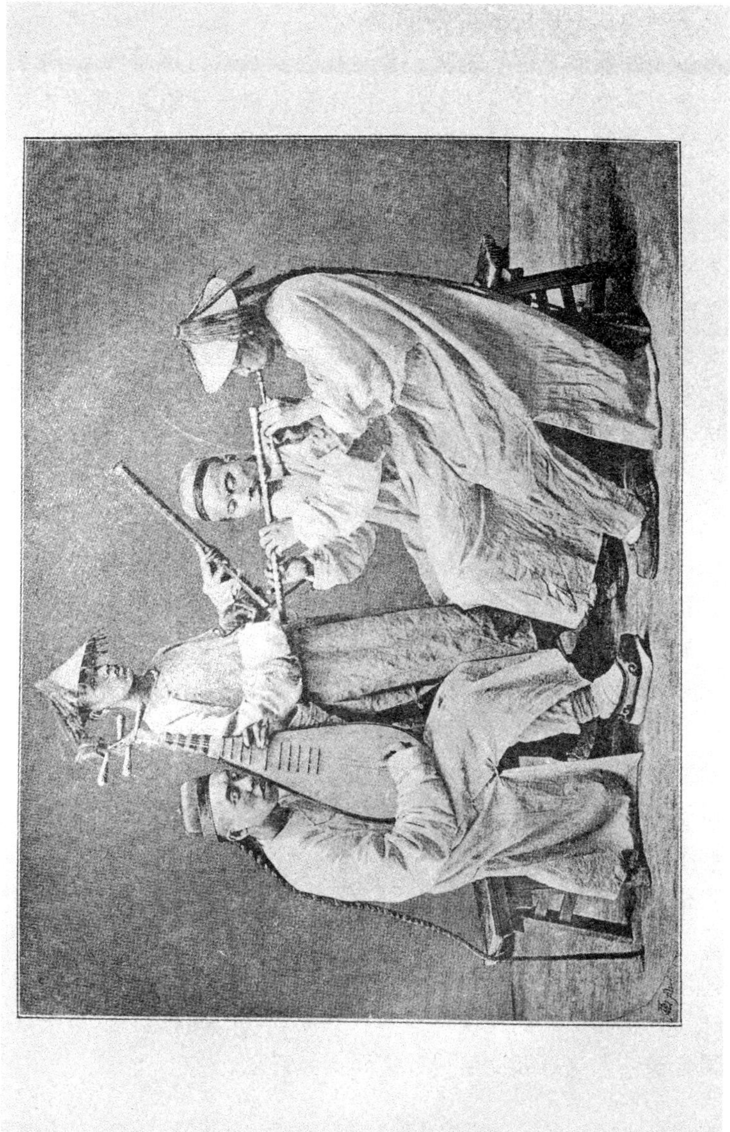

中国乐师

越来越厚的手稿告诫我需要“停止”了。好像关于中国，本来应该说的事情我都还没来得及说呢。要是我的表达能力再强点儿，关于中国的信息也不是那么贫乏该多好。即使是纯粹出于感激，我也本应该多记录一点儿那次山顶的聚餐，记录下来那来自阿盖尔郡和萨瑟兰郡的英国人所演奏的“安尼·劳丽”有多么美妙以及他们的制服和中国嫩绿的花草的对比是多么的强烈。

有一些句子，或者说可能会有些句子我很想写出来——一些独特的夹杂着斯拉夫语和鞑靼表达方式的句子——一些描述俄罗斯水手坐着黄包车游览香港的句子，那时沙皇的太子正在偷窥广州。

俄罗斯的军舰都太笨拙，无法悄悄地开进广州狭窄的河道。俄罗斯皇子不得不改乘小一点儿的船。俄罗斯的水手们这才得以在香港过上一个美妙的假期。

我们在香港送走了我们这个艺术团体中大约一半的人，他们要返回澳大利亚。而我们，就像预期的那样，马上就会返回英格兰自己的家中。我丈夫祝愿正和我们道别的伙伴们可以顺利而愉快地返回南半球的故乡。我也试图紧紧握住吉米·麦卡利斯特厚实的双手。当那艘大船载着他驶向那片南克鲁斯的土地时，我轻轻拭去眼角的泪水。这艘船载着他驶离了香港翠绿的山峦，那里，中国的红花正映衬着英国营房的灰墙。

对于那些帮我们填补空缺的业余演员，无需多说什么，因为无论怎样都不足以表达我对他们的感情。

我相信我是一个很明智的女人，因为我曾经居住在中国。当然，我也是一个很幸福的女人。

如果可能，我要再说一遍，这个世界上，再没有哪个文明国度像中国这样受到了我们如此错误地理解和判断。我也同样坚信，没有任何一个国家像中国这样如此值得我们同情和尊重。

第十章

日式格调

日本人认为艺术源自于灵感。他们在艺术上有着极高的品位。日本自古以来的艺术作品即使不能说都是伟大的杰作，至少也称得上优美和典雅。虽然有时缺乏点儿深度，但从不会缺少优雅。

灵巧、精确的笔法是日本作品的一大特征，可如果仅仅因此就说所有的日本作品都缺乏力度、深度和气势，那可就大错特错了。日本人做事一贯都是全力以赴的，他们的瓷器异常华丽，雕刻也极精妙。我还曾亲眼见识过他们对剧院舞台上的群众演员管理得如何之苛刻。

不过，完美和精致倒确实是所有日本作品普遍追求的风格。其实，日本人在设计和制作的过程中有时是十分大胆的，也敢于创新，但这种创新非常之巧妙，以至于我们很容易忽略掉它们，而仅仅沉浸于对细节的赞叹之中。

日本艺术品的油漆也非常棒，就像镀了一层薄薄的膜。而日本人自己也像他们的清漆一样洁净漂亮，他们所有的作品都成了他们自身的写照。

除艺术之外，日本的自然风光也最为秀美宜人。没有哪个地方的自然景致比日本更具艺术性了，或许是因为那些地方都没有与自然相处得如此和谐融洽的民族。日本自然风光之美简直浑然天成，以至于令人怀疑是否曾出于人工雕琢。日本的建筑——小屋或寺庙——在自然的背景下显得如此恰到好处，和周围的风景如此协调一致，仿佛全都出自同一位艺术大师的鬼斧神工。

除了日本，可以说没有哪个民族的艺术品可以既做到每一根细微线条都美丽精致，又做到整体色彩上和谐完美，这一点，足以令日本人为之自豪，甚至夸耀一番。当然，世界上也有其他一些地方的自然或艺术更加摄人心魄，能够更快地抓住我们的心。

比如，在阿尔卑斯山、内华达山脉，或者塔斯马尼亚岛、吉普斯兰岛、喜马拉雅山，大自然的魅力都足以撼动我们的心灵，特别是当你初次接近它们时，定会感到如同醍醐灌顶一般的震撼。

在日本，自然宛如一位绝代佳人，藤蔓和鲜花散落在她的发间，美酒摆放在她的唇边。她向你伸出温暖舒展的手臂欢迎你，那醉人的微笑令你心旷神怡。她的美让你一见倾心。尽管你对她十分眷恋，但还是终将离去，然而你却永远也不会忘记她。她会时不时地浮现在你伦敦的俱乐部里，或者当你在苏格兰猎鹿、在挪威的海湾乘坐游艇游玩时，当你偶然闭上双眼，就会再一次感觉到她挟着芳香拂过你的面颊。你将被她的美彻底俘获。你爱她，或许这种爱是淡淡的，但是啊，天长日远，只有这种淡淡的爱才会更长久。你逃进了朴素的英国文明，逃到了摄政大街，但是直到你入土的那一天，仍会渴望重回那令人欢愉的大自然，重回那温柔芳香的怀抱。造物主把如此和谐优雅的绝世之美慷慨地赐给了日本这个国度。

西方艺术的巨大成就足以令人类的情感得以升华，我曾见过堂堂男儿在德累斯顿和罗马潸然泪下。西方的艺术成就是伟大的，但并非完美无暇。相对来说，日本所有的艺术都近乎完美，但却称不上伟大。

毕竟，我没有资格来判定伟大都由哪些元素构成。森林是否就一定比一片枫叶伟大呢？答案并不是确定无疑的。艺术无止境，而所有的艺术家都有其局限性。日本的艺术家用画笔镶边，用针作画，他们遵循着自己的艺术理念。不能因为我们对它不怎么感兴趣，就断言它必定不如我们所熟知的那些艺术。

画艺精致和心灵细腻使日本人成为最敏锐的工匠和最感性的民族，他们也因此对批评怀有最激进的憎恨。任何一个欧洲人如果写篇关于日本的文章，恐怕都会激起日本人的恼火，除非满纸尽是溢美之辞。

我们到达长崎的时候正是黎明时分，这绝对是首次邂逅日本的最佳时间。曙光中抵达日本的海滩，伴随着崭新的一天，我们开始了前所未有的绝妙旅程，跟着太阳一起悄悄潜入长崎，这一刻值得永远铭记。我们越来越接近了，感觉长崎的建筑就如同一座座牧人小屋，坐落于东方化了的瑞士山中，赏心悦目的情景比比皆是。

长崎依偎着美丽的绿色九州较为陡峭的一面，就像一条雅致的玉带缠绕在一个硕大而美艳的花瓣上。

不得不承认，日本在很多方面很像瑞士，而且是更为温暖舒适的瑞士、更为浓缩的美艳的瑞士、更为柔和的全新的瑞士。当我们走进干净、小巧的拖船时，太阳已经照亮了整个岛屿。这条独木舟一样的小拖船将载着我们上岸。

一长排的黄包车，像桀骜的野马一样迫不及待，在低矮的布满沙子的码头上焦急地等待着。上百名皮肤或黝黑或暗黄的家伙衣着古怪，在这优美的环境中从容悠闲地走来走去。

随风飘扬着的星条旗下，有一座庄严而略带慵懒的木制建筑，那就是美国领事馆。同样，英国领事的官邸也在英国国旗的衬托下格外醒目，却也了无生机。

顺利上岸后，我们兵分三路，唯一一个厚着脸皮坐在“人马”后面的成年人就是我了。我的丈夫要去领事馆，顺便观察一下剧场，因为我们返回时就要在那里演出。保姆则领着我的儿子非常勇敢地出发了，后面跟着我的小女儿，她个子矮矮的，看起来像是马德拉斯黑人怀里的一个巨大的人体雪球。

我和一个精力充沛、身强力壮的黄包车车夫讨价还价了一番，他不仅英语流利，而且法语也很标准。随后他就出发带我们进入了繁华的长崎中心区。

那个车夫简直是个天才。而和其他所谓天才不同的是，他对自己的副业也非常敬忠职守——他是一个一流的导游。更令人叹服的是，他能够熟练地运用各种五花八门的方式介绍长崎的风光。从最高档的商店到最古怪的寺庙，从宜人的垂着藤蔓的小河边到人口稠密的苦力居住区，用了七个小时的时间，他带我把长崎逛了个大概。正当船长生气地要讲粗话时，这个聪明矮小的日本人又飞速地把我带到海边，送我进入小拖船，最后向我深深鞠了一躬，拍拍手微笑着跟我道别："沙扬娜拉。"

我不知道在长崎到底什么最令我开心，我从来也搞不清究竟日本的哪些地方最能取悦我，所有的一切都那么令人愉快。长崎是我在日本最先接触到的地方，对我来说有一种全新的诱惑力。如果说中国是一个充满魔力的国度，那么日本就是一个优雅的人间仙境。

日本群岛遍布鲜花。庙宇的铃铛清脆作响，奏出优美的乐章。终日来往于怒放的花丛之中，让整个大和民族语调柔和，连他们精致的面庞也出于对美的热爱而兴奋地泛红，他们就这样单纯地陶醉于生活的幸福之中。

长崎简直是一尘不染，以至于有些游历者在此只度过了短短几个小时，就迫不及待地跑回他们的船上写文章，投寄给欧洲和美国的杂志，告诉他们日本人是世界上最干净的民族。你也许会觉得有些夸张吧，但这事儿千真万确。啊！至少对我来说，仅在长崎这一天的感悟就要远远多于在日本其他十几个城市的总和。

正是在长崎，我领略到了日本礼仪的巨大威力。记得有一次我丈夫和朋友们正在旅馆里用餐，其方式非常复杂繁琐，而我选择了外出，花了整整七个小时来观察游览长崎。期间来到一个公墓和翠竹环绕的溪流之间，我的苦力认为我已经不能再继续饿肚子了，就在崎岖的公路上停下车，跑进旁边一个如同纸糊的很滑稽的小房子里。几分钟后他回来了，手里托着一个茶盘，身后跟着一个年幼的小姑娘，挎着一个涂了漆的篮子，里面盛着蛋糕和水果。再后面还有一个老妇人颤巍巍地一直走到我跟前，把一张纸巾铺在我的膝盖上。就这样，我坐在黄包车里，开始享用我的露天午餐。阳光洒落在我的周围，但是在高大的李子树的树阴下却也非常凉爽。后来他们又拿出一个很稀奇的铜碗，里面盛着一些热水。经过一番讨价还价，双方都满意后，他终于带我来到了商铺林立的购物天堂。

欧洲人所熟悉的西方艺术作品以气势恢宏见长，令人心生敬畏。而当看到日本的艺术作品时，大多数欧洲人的普遍心理却是一种狂热而贪婪的占有欲。其中善良的人们会渴望将其买走。我不算很善良，与我交恶的人甚至会认为我完全算不上一个好人。不过，只要我还有一点钱，我都希望能用“买”的方式来得到我在日本看到的每一样东西。但是当我的钱花光之后，通常很快就会花光的，我想做的就是去偷。事实上我在日本没偷过东西，但是我经常想这么做。我丈夫说在横滨的时候，他就曾莫名其妙地丢失了一百日元。

欧洲的艺术，大多是崇高雄壮的美，可远观而不可亵玩。而日本的艺术却拥有一种亲和力，诱惑着人们热切地想要拥有它、把玩它。也许正是因为日本艺术精雕细琢的制作过程吧，欣赏它们也同样需要近距离地细致观察。相比之下，西方的艺术则让我们心生敬畏，敬而远之。

即将离开日本的时候，我又一次来到长崎，船只又一次在相同的地方停留了几个小时。我们在那里演出了《哈姆雷特》。那是一种微妙空灵的感觉，为我们在日本这个地球上最美丽、优雅、讲究礼仪的国家的驻足逗留，画上了一个完美的句号。我们踏着月光到达剧院。街上一片寂静，只听得到盲人按摩师那忧伤的口哨声。对我来说，也许永远也不可能再听到这种哨声了，仿佛因此更增添了几分伤感。

我常常想，我所扮演的奥菲莉亚如果看到哪怕一点儿我在舞台上佩戴的那些奇怪的花朵，她会说些什么呢？牛仔们曾为我从他们蛮荒的西部（也是我的蛮荒的西部）带来野花；印度王公的妻子曾送给我从深宫后花园摘下的芳香的玫瑰；家财万贯的王公贵族和身无分文的乞丐也都曾送过我那采自澳大利亚灌木丛中的娇嫩的毛蕊花和粉红色的玫瑰花束……我接受了来自世界各地的娇艳欲滴的鲜花，因为对观众们来说，我就是天才莎士比亚笔下那位甜美而又温顺的少女，尽管在现实中她对我来说是那么遥不可及。

在长崎，我们演戏很少有布景。但是在出演那场“奥菲莉亚疯了”的戏时，我却拥有了无数的鲜花。剧中当我编制紫藤和金银花的花环时，再配以花球一样的菊花，还有日本百合和美丽绝伦的玫瑰点缀其中，我几乎都要哭出来了，仿佛正在以这样的方式和日本告别。

深夜，星光满天，我们离开剧院回到了小船上。整个日本都被笼罩在夜色之中。我们是在黎明时分悄悄潜入日本的，此时，我们又在午夜悄悄地离开了日本。开场和落幕都如此完美，简直令人难以置信。我会永远珍藏这次游历，并视它为上苍赐予我的一个美丽的梦。

回顾最初到日本的那个清晨，我们初识了它的美，直到最后那晚深沉夜色中这个无比美丽的群岛逐渐从我们的视线中消失，这段期间，我们还在本州岛度过了几周非常开心的时光。

在这个“内陆海”上的小小航行简直妙极了。这里的山光水影像中国的谜语一般变幻莫测，又像我们心目中所想象的伊甸园一样美轮美奂。

神户——昔日的兵库，中止了我们这次航行的山清水秀之感，富士山的出现是最明显的标志。富士山在日本的青山和蓝天之间拔地而起，就像一个神圣的白色惊叹号。虽然它正处于休眠期，但当我们经过时，十几个小型的火山仍在吞吐着红色的火焰。

我们在神户住进了一个环境舒适、饭食味美的旅馆，还遇到了一些老朋友——来自伦敦、波士顿、内华达的老朋友。那个旅馆的主人就是我们在蒙大拿时所住旅馆的主人。我们在那儿受到了非常热情的招待，也结识了一些迷人的日本朋友。我再次沉湎于日本的商铺中，流连忘返。在一个下着大雨的糟糕日子，我们离开这里，向横滨进发。有人送我一匹华美的绸缎，图案是大丛大丛的紫色鸢尾花，极其精致，而且全都是由当地人手工绣制而成的！

第十一章

我认识的四位东京女性　秋藤夫人

我所认识的四位东京女性中有三位是日本人，另一位则是一位日本绅士的盎格鲁-萨克逊妻子。其中两位我在美国时就认识了，另外两位则是在日本刚刚结识的。

我在美国法萨尔大学认识的两位姑娘山川舍松(Stamatz Yamakawa)和永井繁子(Shige Nagai)①如今已经成了小山领事夫人和瓜生(Uriu)夫人。新结识的两位朋友是秋藤(Keutako)夫人②和三宫(Sannomiya)女士。秋藤夫人是一位可爱的女性，我总想拉住并拥抱她。我们成了非常要好的朋友，尽管我俩的交谈少之又少。她只知道两个英语单词，而我也比她强不了多少，只知道三个日语单词。

三宫女士在日本皇室里很有权威。她是英国人，但她丈夫在日本皇室担任高官。我没有任何介绍信，只是辗转通过几个朋友的引见去拜访了她。因为我们想在天皇面前演出莎士比亚的戏剧《威尼斯商人》，希望能得到她的帮助。然而恰巧当时沙皇太子在日本遇刺，这引起了日本皇室极大的不安和恐慌，所以最终我们的演出计划还是泡汤了。但我却因此而有幸结识了一位极其独特而有趣的女性朋友。

我确信，我正描述的这四位女性彼此之间的关系比跟我更为亲密，因为她们都是皇宫里不同程度的常客，但个性简直有天壤之别。

我们抵达横滨的时候已近黄昏。第二天早晨一醒来，我就迫不及

① 她们俩是日本最早的渡美女留学生，不过前者的英语拼写有误，应该为 Syamatu Yamakawa。——译者注

② 音译。——译者注

待地穿好衣服，然后一个人出去漫游，就像每次我到一个新地方时最喜欢做的那样。我感觉自己好像在梦游，到了一个神奇的仙境，那里居住的人们都像是从我收藏的茶杯和扇子上走下来的一样。日本总弥漫在一种奇特的氛围中，如水晶般剔透，如天鹅绒般柔软，又如熏香般芬芳。大自然对日本的眷顾如同一个母亲对待自己最疼爱的孩子，爱得执着而又柔和。造物主慷慨地向日本泼洒着芬芳和青翠，散布着优雅和别致。如此精心绘制图画之后，还不忘勾画上一些娇嫩、优雅的藤蔓和温婉无比的山峦。此外，造物主还赋予了画布上的人物最感性的神经，让他们拥有最为清澈的双眸和优雅的姿态。在这个造物主最偏爱的国度里，每个国民都和自然融为一体。比如日本的农民，一想到他们，我的脑海中就立即呈现出一幅画面：一个农夫坐在洁白干净的地板上，吃着生鸡蛋，身旁一束美丽的鲜花盛开在一个精致的花瓶里。然而，等我见识了东京之后才知道，横滨不过是小巫见大巫。

在横滨的街头，欧洲人随处可见。而我已经在东京呆了好几天了，却没有见到一个欧洲人。我相信，居住在东京的只有六位欧洲女性以及同样少的欧洲男性。

我第一次遇到秋藤夫人就是在横滨。就在那天早晨，我丈夫给秋藤先生邮了一封自我介绍信。下面加了一行，是这么说的："下周我和妻子会在东京停留几天，如果可以拜访您，将会使我感到非常荣幸。"回信非常迅速，并且具有典型的日式风格。当晚，就有一篮美丽的玫瑰花送到了我的化妆室，里面有一张卡片，上面用英语写着："汉瑞卡·秋藤(Henriico Keutako)夫人向您致意并表示欢迎。"当表演开始，帷幕拉起时，我们立即看到前排就坐的一位身着欧洲晚礼服的绅士，他旁边的女士就像一个会呼吸的日本玩具娃娃，骄傲地穿着考究的日本传统服装，一双清澈而灵动的大眼睛不停地忽闪着。

我们给他们递上一张便条，希望演出结束之后能和他们一起共进晚餐。帷幕落下之后，保丁先生就带领他们来到舞台上。这个可爱娇小的女人深鞠了一躬，然后笑着轻轻地拍打我的手，把她纤细的手指放在唇边，连连摇头。我如愿地把她带进我的房间。我们俩坐在我的房间里可以清楚地听到我们的丈夫们在隔壁房间交谈。秋藤先生毕业于哈佛，在英格兰也呆过几年。但我确信比起他们俩，我们两位女士玩得更加尽兴。我的每样小东西都可以让她像小孩子一样欣喜若狂。她试着戴我的戒指，也让我戴她的。她试穿我的那些拖鞋，对我的粉扑也很有兴趣，示意让我给她化妆。我的金黄色假发也让她非常着迷。她所知道的唯一一句英语就是“谢谢”，她一遍又一遍不停地说着。就在她专心研究我的这些小物件的同时，其实我也在研究她。她确实非常俊俏娇小，肤色比我稍深，黑色的头发梳成了复杂的日式发髻。她穿着淡蓝和淡粉相间的和服，外套是深灰色丝制的，稀疏地点缀着淡蓝色的花朵，衬里也是淡粉的丝绸。和服上的宽腰带是黑色和银灰色相间的，前面镶嵌着三四颗璀璨的钻石。另有四五颗更加夺目的钻石则戴在她漂亮的手指上，相对于她纤细的手指，这些钻石实在显得沉重了些。她的领口上别着一枝深红色的玫瑰花，和服的肩上绣有盾形纹章。这些都是日本贵族们出席国家的一些正式或非正式场合时所需的传统服饰。她曾经让我试穿了她的一件宫廷和服，不过我当时可不知道它有那么不同寻常。她走进我那并不算整洁的小房间时，踢掉了自己的鞋子，我看到她穿着条纹状的白色丝袜。如果要在她身上找点西欧味道的话，除了戒指的样式外，就只有那条绣着高级花边的白纱手绢了。不过我认为这更像是一种创新。她经常会用手绢轻拂她那娇小的樱唇，并且每当有这个举动时，她都会冲我微笑。显然，她对我在房间里烧香也感到非常困惑。她走起路来就像只小鸟儿，笑起来像个孩子，一口洁白而有光泽的牙齿，举止高雅、仪态万方、魅力无与伦比……这些都是日本女性与生俱来的特质。

日本人的礼数非常具有感染力。要离开时，我连忙帮她拿过那双小小的鞋子，想帮她穿上。她突然惶恐地叫了起来，一把夺过我手中的鞋子，用手绢使劲帮我擦手，边鞠躬边微笑，连连说：“谢谢，谢谢。”

这时，两位绅士已经站在那儿等我们了，她像只欢快的小鸟儿飞快地穿过舞台跑了过去，抓住她丈夫的胳膊，快速地用日语说了些什么。他帮着翻译了过来："我的妻子问你们有没有孩子？""是的，我有两个孩子。"我告诉她，她又让她的丈夫告诉我她也有两个孩子。然后，她跳跃着走向我，用手揽着我，笑得那么温柔。天哪，真是一个女人味十足的洋娃娃。虽然我们彼此之间无法交谈，我们的教育背景、生活方式也大不相同，但是孩子却让我们成为了朋友。她就这么一直用手揽着我直到黄包车前。我觉得自己又变回了小学女生，并且在小伙伴中还很受欢迎。

午夜时分，乘坐着黄包车奔跑在横滨的街道上真是一件令人愉悦的事情。那个时间我们好像是唯一醒着的生物了。我们悄悄行驶在寂静的街道上，唯恐发出一点儿声音。两辆黄包车古老而又别致，车夫光着脚板奔跑在松软的道路上几乎悄无声息。每次当秋藤夫人的黄包车赶上我的车时，她总是会频频微笑着向我不停地招手。

我们的旅馆采用的是欧洲的管理方式。天色已经很晚了，不能再对晚餐的菜单做很大的调整。我们发现秋藤先生不仅非常和气，而且充满智慧，他是日本议会里举足轻重的人物。显然，他对我们所有的这些食物都十分熟悉。而他漂亮的小妻子则不然，她看起来对桌上的食物一无所知。她略带羞涩和狡黠地看着她的丈夫，试图模仿他的举动。但是我看得出来她一点儿也不喜欢我们的食物。我想办法弄到一罐三文鱼，因为我知道日本人无一例外都像猫一样喜欢吃鱼。她相当娴熟地吃起了三文鱼，尽管这对她来说也很新奇。吃香草薄酥饼前她习惯性地嘬了一小口香槟，看起来，她对香槟非常钟爱和熟悉。饭后，我问她(通过她的丈夫)这两位绅士是否可以抽烟。她笑着点了点头，从她的和服里掏出一个精致的银质烟斗，又从挂在和服上的丝质烟袋里取出少量的烟草，在烟斗里洒上淡淡的一层，就像玉米须。她用火柴点燃烟斗的动作并不熟练，她比较习惯的是那种装有发光煤块的小盒子。她把烟斗递给了我。我发现一口就能把它吸光。我后来得知日本所有时髦女性在拜访朋友时都会带着烟斗和烟袋。这也是

秋藤夫人的女儿

这个有趣的民族的经典实例之一吧。她们在一块儿抽烟是表达礼貌的一种方式。烟草基本上没什么味道，一管烟斗里面的烟草也只够抽一口的。趁男士们在交谈，我应她的要求给她看了我的孩子们的小衣服，带她到楼上看了看正在熟睡的两个孩子。当我们重新回到客厅时，她通过她的丈夫，提议我们抽点纸香烟。我是有抽烟的习惯，但是只有在我和丈夫两个人独处的时候，在最私密的地方，我才会抽上一两支。在其他男性面前抽烟，我还从来没有过呢。但是，当时那种环境需要我暂时违背我通常的原则。两位绅士谈兴正浓，他们交谈时，我们两位夫人就抽烟。第二天，我感到一种无可名状的头痛。从秋藤先生那儿得知，他妻子遭的罪可比我更持久，更痛苦。我原以为，她的提议是日本的风俗，而在她看来这一提议则是欧洲女性中普遍存在的一种习惯。我经常猜测，到底东京的欧洲使馆里是不是有哪位女性该对此负点责任，她至少是间接地导致了我们俩这一痛苦而又愚蠢的行为。这也让我常常反思：如果一个人可以一直保持本真的意愿而不去刻意做一些愚蠢的举动该有多么好。

几天之后，我们离开横滨去了东京。我常常感到奇怪，为什么有些人宁愿一辈子固执地居住在灰色的西方而不愿意哪怕看一眼如画的东方。来到东京之后，我的这种疑惑更加强烈了。在欧洲，我从未见到过除了维也纳之外的哪一个首府城市像东京一样舒适、富饶。这两个城市在很多方面都有相似之处，街道都是那么宽阔、干净，公园、车道、树木、小餐馆随处可见。居住在这两个城市的人们也都一样喜欢享乐，悠闲度日。东京非常漂亮，首先必须要说的是东京有着全世界最好的旅馆。如果不这么说，我就会觉得自己有些忘恩负义。

皇宫被三条美丽的护城河环绕着，周围守卫戒备森严。如果没有天皇的首肯，你根本不要妄想能见到天皇的宫邸——这一圣地中的圣地。想要进去就更不可能了。即使是使馆的成员，对日本皇宫的了解也少之又少，连进入它外围房间的机会都屈指可数。我相信三宫女士是唯一进入到皇宫内部领略到它真实面目的欧洲人。

东京的建筑或朴素简单，或精雕细琢，风格很是不同，却都别具一格。那些位于城市中心的全部都很有日本特色，而居住在郊区的贵族们建造的房屋则大多非常西化。东京主街道的宽度几乎是无可比拟的。美丽的公园里，鲜花盛开，藤蔓互相纠缠，枝繁叶茂的树木一棵紧挨着一棵。树木之间立着一些古怪的镀金雕像，雕像上那些神仙的相貌就更古怪了。东京这个城市实在太大了，而我很快就爱上了它这一点，因为旅途上的每一寸土地都遍布着乐趣。各式各样的商店并没有因为大批欧洲游客的光顾而模糊了它们固有的当地特色。东京的外围环绕着近百座寺庙，出名的虽只有那么几座，但其实几乎座座巧夺天工，令人耳目一新，值得细细体味。金色的铃铛垂挂在饰有宝石的屋檐下，当风儿从雕花的大门轻轻吹过，它便轻柔地随之翩翩起舞。这里风儿的清净气息显然是未被欧洲人的呼吸所污染过的。

我们去拜访秋藤一家。那位男主人打扮得像个欧洲人，女主人、孩子和仆人们则都穿着传统的服装。整座宅子的风格是日式的，但令我吃惊的是房间内的布置却是欧式的。书房里摆着一尊斯科特的半身像，餐厅放着一个罗马大竞技场的版画。我花言巧语说服秋藤夫人带我到楼上参观，结果自然是别有洞天。她好像有点担心我会不喜欢，而我恰恰喜欢楼上要远远超过楼下客厅，我猜这一点她永远也不会相信，但的确如此。狭长的、阴面的房间铺着清凉、雅致的竹席。有一个房间我尤其喜欢，房间的一头立着一个长长的、低矮的屏风，旁边放着一个漂亮舒适的垫子。房间的另一头摆着一个高高的蓝色花瓶，里面插着盛开的菊花和鸢尾花。房间里没有太多东西，但是每样物件的布置都那么恰到好处。日本人总是习惯于把艺术品摆放在较大的空间里。正因如此，日本的室内布局才会那么让人印象深刻吧。还有一个原因，日本人几乎不能容忍房间里有不是艺术品的东西存在。

秋藤夫人一直那么优雅自如。我们单独在一起度过了几个小时。虽然彼此之间无法交谈，但是她永远不会让我或她因此而有丝毫尴尬的感觉。她希望我能随心所欲，就像当初她在我的化妆室里一样毫无拘束。她很能理解我的乐趣，让我静静地观察普通日本人的家庭生活。她用各种方法来招待我，比如她会示意我到厨房里去，让我看厨师们在做些什么饭菜，以及具体的制作过程。她还会派人去叫她的理发师来，让我欣赏他高超的技艺。我坐在那儿读书的时候，她又会偷偷地走到我的身后，轻轻地把一枝玫瑰搁在我的书上。有时，她还会逗弄着她那个毛绒绒的像个柔软线团的小猫和我玩耍嬉戏，更多的时候，则是她那个粉嫩柔软的小孩儿。一天，她让阿妈给她脱衣服，然后再帮她穿上，好让我看清楚日本女性都穿些什么，是怎么穿上的。为了让我消遣，她几乎把衣橱翻了个底朝天。里面的衣服真的令人大开眼界。她非常喜欢买衣服，她的丈夫也乐意满足她。而且，她有一些衣服其实是世代相传的。她给我展示了她保存在檀香木盒子里的结婚礼服，她抚摸着它的时候，神情是那么庄重和虔诚。

她把心思全花在了两个女儿身上。她们都非常漂亮，噢，那么的小巧可爱！她们的举止也都非常得体，丝毫也不做作。和我的孩子一样，她们也会缠着父母要些糖果之类的东西。年龄稍大点儿的那个女孩会讲一点儿英语。

她们的母亲从不会因为傻乎乎地跟我讲那些我听不懂的日语而感到难为情。她会拿出一个奇妙的小乐器（我忘记了它的名字），用它伴奏，为我唱甜美、悦耳的日本歌曲。

秋藤夫人从小就养尊处优地过着公主般的生活，长大后又嫁入豪门，有成群的仆人服侍她。不过她仍然会做一些女红，尽管是非常有限的一点儿。但她把家里管理得井井有条，而且在她丈夫的政治生涯中，她也给予了很多的帮助。她丈夫和他的秘书工作过于繁忙时，她就曾经帮忙抄写公文，按照她丈夫的指示书写文件。我还知道她的丈夫会经常向她求证句子的语序或是落实一段历史史实。

我最后一次到东京是孤身一个人。因为工作上的事情去那里，所以非常匆忙，我仅能抽出一点儿时间去拜访秋藤一家。她以老朋友的热情和日本隆重的礼节来迎接我。她请我喝不加奶和糖的茶，茶杯很

秋藤夫人的女儿

珍贵，是没有把手的那种，大小就像一个大号的顶针。她又从一个涂着亮漆的小抽屉里拿出一些可爱的糖果给我吃，糖果的颜色和形状就像微缩的鲜花和树叶。

天下没有不散的宴席。我不得不起身告辞时，她送给我一个银烟斗，这是她特意买给我的，装在一个绸子做的小盒子里。另外还配有一个烟袋，里面装满了日本产的烟草。她把这些都放进一个白色的小盒子里，我请她在上面留下了我们俩的名字。后来这件礼物成了我和丈夫经常拿出来把玩的珍爱之物。每每看到它，就会想起秋藤夫人和她的丈夫，还有她那两个可爱的孩子，她们的照片我也一直小心地珍藏着。

第十二章

我认识的四位东京女性
小山伯爵夫人[1]和瓜生夫人

山川舍松出身显贵，社会地位接近于日本社会的最高阶层。而永井繁的社会地位则比她稍低。

吸取他国文化的精华是日本人的一大强项。他们没有发明过什么东西，但是对所接触到的一切东西都很善于加以利用和改善。日本人学会了中国艺术的几乎每一个细节，并在其基础上发展出日本人自己的艺术体系，更有甚者，他们创造出的艺术要比原版的中国艺术家曾经的创造更加优秀。日本一度成功地侵占了朝鲜。那场战争让日本收获了很多的战利品，也让日本人进一步丰富了自己的艺术。

当山川和永井都还是婴儿的时候，日本又开始把她那贪婪的目光转向了欧洲和美国。她并不是垂涎这些国家的领土，而是他们的生活方式、社会习俗，甚至他们的思想体系。日本人拥有地球上最美丽的家园，这一点他们充分意识到了并以此为荣。但同时，他们，至少是他们中的开明人士也清醒地认识到他们在和西方强国的战争中不会占到任何便宜。日本从未想过要占领西方的领土，但是日本人渴望学到西方思想体系中和生活方式中的全部精华。欧洲的用品在日本变得非常流行，而日后这些用品非但没有过时，反而更加盛行。十年间，它成了一股风行的狂潮。日本政府鼓励他们的男孩子和年轻人到欧洲和美国去，尽可能攻读高学位，当然这只是日本政府所做的努力中很

① 小山伯爵夫人是小山伯爵（有时也被称做小山大将）的妻子。近年来，小山大将因中日战争而广为人知。——作者注

少的一部分。政府还专门挑选了八个或是十个(我想是八个)日本女孩到美国留学。所有这些女孩子都出身名门,有几个还出自贵族之家。她们中最小的只有七岁,最大的也才 12 岁。到了美国之后,她们首先被送交给日本驻华盛顿公使。公使按日本政府的指示把她们两人一组分开,每组都寄宿在一个美国人家中,当然,是寄宿在那些有着优秀的文化背景的人家中。山川和永井寄住在历史学家 J. S. C·艾博特博士的家里。他是一个学识渊博的人,长期保障她们拥有一种简约而教养有素的家庭生活。她们在美国生活了十年,其中五年半就是在这个新英格兰的家庭里度过的。在那儿,常有就读于哈佛的其他日本学生来拜会她们,可以让她们不再那么想家。同时,她们还有机会经常接触到美国的各界知名人士,见识最纯粹的美国式良好举止。在学习美国文学方面,她们也拥有难得的便利条件,不过也许也是不利条件,那就是她们和一些参与创作美国文学的学者很有交情。在英国文学方面,她们则师从一位推崇英国文学的美国人。这期间,她们还在最好的同伴的陪同下在美国进行了愉快地短途旅行。五年半之后,她们进入位于哈德逊河畔的帕基普希的法萨尔大学。山川舍松以优异的入学成绩成为 1882① 级的一名大一新生。而永井繁的水平不能够胜任大学必修课程,因此选择了选修制教育,成为一名"艺术生",专攻音乐。按照大学的规定,她选择了一些较为轻松的普通大学课程。

到 1879 年的秋天,她们的大学生活刚好已经度过了一年,我恰好在这时进入了法萨尔大学。因为艾博特博士的一个儿媳是我最好的朋友,于是我很快认识了这两个日本校友,对她俩也越来越感兴趣。永井是一个单纯可爱的女孩,山川虽然有点儿孤僻,不过十分出色。她们都爱穿欧式长裙,山川看起来就像诗歌里赞颂的美丽的犹太女子,永井则是个典型的日本人。大学的第二年,山川当上了她们那一级的学生会主席。她还是"莎士比亚协会"的成员——能进入这个协

① 原文如此,作者有误,应为 1878 级新生。——译者注

会的可都是些聪慧出众的女孩子。她的英国文学的成绩十分优异，论文也写得非常出色。十年后，当我在东京再见到她时，她的英语依旧那么纯正。她的发音和学生时代一样，带点儿轻微的口音，但语法的运用却完美无暇。而永井虽然从来也没做过主席，但大家都很喜欢她。我们两周一次的聚会绝对不能没有她，在这种聚会上我们会制作一些糖果。滑雪橇方面她也很在行。她的业余时间大都花在了医院里，她总是去那儿照顾生病的女孩。大学毕业时她的成绩算是相当不错了。她的写作虽然用词正确，但僵硬呆板，口语水平也勉勉强强。后来当我在东京再一次见到她时，她的词汇也已经忘得差不多了，运用起来也并不太在意是否得体。但是我依然清楚地记得在法萨尔时，这个充满爱心的女孩子曾多少次让我开心不已，每当听到卡嗒卡嗒的小碎步穿过走廊，我就知道是她给我带来了成罐的柠檬水。而每次头疼时，也都是她用那双纤细的小手安慰我，缓解我的病痛。我离开东京去横滨以后，收到了她的来信，奇怪的是这次她写得非常好，就和我们在帕基普希时一样。山川很少表现得那么激动或兴奋，但每次收到来自日本的信件时例外，那时她的双颊总会浮现出两朵红云。我曾经看见她在我们学校的邮局领取自己的信件时，伸进窗口的手都是颤抖的。而永井很少有不兴奋的时候。无论从哪方面来说，山川都是出类拔萃的。她应该算是日本人当中身材苗条、个头高挑的。永井却相貌平平，五短身材，眼睛还近视得相当厉害，鼻子也又小又塌。山川总是非常娴静，永井则容易激动。山川的象棋技艺高超，曾经在玩惠斯特牌时打败了全系所有的教授。永井擅长的是捉迷藏，还会跳一种非常滑稽的苏格兰高地舞。她们俩每天都要躲在自己的房间里练上一个小时的日语。山川狂热地恪守着这个约定，并强迫永井也严格执行。山川每天写一封家信，永井则像一般在外上学的女孩儿一样，对写家信有些不知所措。她俩在法萨尔度过了四年时间。然后，她们用了六个月来环游美国，作为返回日本之前的告别旅游。

后来在吉隆坡，听一些日本海军军官说起过山川舍松，当时她已经嫁入豪门。她的丈夫是兵部大臣小山伯爵，位高权重，家财万贯，但已经不再年轻了。

快到日本的时候，我们开始越来越多地听到小山这个名字，可见这位伯爵名气之大。他是一位彬彬有礼的绅士，属于日本上流社会。成为伯爵夫人的山川舍松名气也不小。首先她的法语和英语都说得非常流利，如果我没记错的话，她的德语和意大利语也是相当棒的，而且她还对拉丁语相当有研究。再见她时我觉得她变化很大，曾经的娇美容颜已经消失了。当年我们那个小学院里的那个小姑娘，是多么渴望能够为日本人树立一个优秀的学术榜样。而现如今，年轻的激情已经退去，她看起来有些萎靡不振。她抛弃的不仅仅是曾经的西洋服饰，更是她曾热衷的西洋精神。她又颓然回归了东方人那种闲散慵懒的生存状态。她自己生有四个孩子，同时还是另外四个孩子的继母。

黄包车夫告诉我们已经进入了小山伯爵在东京的辖区，这之后又过了很久我们才看到伯爵的住宅。辖区内处处都有正在劳作的仆佣，有的在捆绑高大的玫瑰树，有的在修整缠绕在树干上的鲜花和壮硕的紫藤藤蔓，还有的正悠闲地修剪着天鹅绒般的草坪。所有这些仆佣穿的和服的背部都有一个大型的盾形纹饰，那是小山家族古老的纹徽。在日本，贵族们都会在衣服上织绣一枚小小的家族徽章。他们的仆人衣服上的徽章会大得多。家族的族长衣服上的徽章大概只有六美分那么大，而仆佣背后的徽章则有盛满美食的晚餐盘那么大。小山伯爵广阔的领地管理得井井有条。他们的住宅大而简朴，是西式风格的红砖建筑。房子外面有些地方爬满了藤蔓，内部装饰成最豪华的欧洲风格。零星几个珍贵漂亮的日本物件散放在各个房间。而我认识的许多伦敦人都是把日本的装饰品摆放在最显著的位置，尽管那些东西实际上并不贵重，也不夺目。

伯爵夫人以她贯有的优雅和亲切欢迎我们，请我们喝茶、吃松糕。我注意到她家里使用的茶具是古老的英国银器。她说能带我游览东京让她无比兴奋，这时她的精神确实为之一振。但是当我提到法萨尔时，她立即又变得无精打采起来。这显然意味着留学生活之于她，只是奉天皇的神圣旨意而度过的十年流放。现在她的流亡早已结束，她再也不愿意回忆起它。之后我们又聊起在美国读过的一些书，她还是像从前一样愉快。但是返回日本之后，她是否再看过哪怕一页法语或英语书，我就不得而知了。我谈到我们的《校刊》，一份小型的学校月刊。她曾经对此非常感兴趣，也曾多次投稿。现在回忆起来她好像没什么印象了，说只模糊地记得当时同学们偶尔会给她送去一份。

她的装束很端庄，全身只有两处能够显示出她的留洋经历，一是巴黎制造的古铜色拖鞋，再就是简单而优雅的希腊式发髻。

一位有名的欧洲人在一位日本绅士的陪同下前来拜访小山伯爵夫人。山川走进房间时，日本绅士深深地向她连鞠七躬，而那个欧洲人则伸出一只手，诙谐地说："伯爵夫人，如果让我这样频繁地鞠躬，并且还鞠得这么低，我一定会倒下的。但是能够见到您，我的确万分荣幸。"她始终保持着微笑，令他的这次拜访十分愉快，可她永远也不会原谅他的态度。山川莶松家世显赫，那可是她绝对的骄傲。

小山伯爵夫人的家算是很容易找到的，而找寻瓜生夫人却花了我三天时间。最后，还是我丈夫突然想起可以从小山伯爵那里打听永井的地址，才最终找到了她。

我们坐了两个小时黄包车从帝国旅馆来到她家。在东京，每辆黄包车都是由两个车夫同时在拉，他们跑得飞快。坐车离开旅馆后，我们先是绕过了环皇宫护城河的边缘，然后飞一样地驶过一个个街区，那长长的街巷一个比一个有趣。街道两侧有许多售货摊：雅致的铜油灯、贵重的象牙制品、罕见的木雕以及其他千奇百怪的东西从眼前一闪而过，令我们目不暇接。难怪爱德文·阿诺德爵士[①]在东京时甚至想卖光身上所有的东西，只为能再多买一件日本古玩。有一次，我真

---

① 爱德文·阿诺德爵士(Sir Edwin Arnold，1832～1904)，英国诗人和新闻记者。——译者注

的把我丈夫的旧衣服都卖了，他对我的草率之举很是不满。因此他盯上了我的一件上等萨摩瓷器，总是不怀好意地端详它。几周后，我收到一个来自横滨的“对方付费”的包裹。当女佣把它拿进来时，我的丈夫就走进了客厅，拿出他的外套、他最喜欢的那把伞、还有他皱巴巴的帽子。但是，“谁笑到最后，谁才是胜者”——我让他自己为这个包裹付了费。

黄包车仍然在疾驰，途中经过一个空荡荡的大型剧院。我们后来认识的市川团十郎[①]曾在这里演出，日本的一部传统戏剧中也有他的表演。接着，我们横穿过一个很大的公园，又穿梭了无数条弯弯曲曲的小路，最后终于来到了永井的家。这个地方实在太难找了，我始终都不知道车夫们究竟是如何做到的。

顺着一条有趣的小路拾级而上，我们敲开了一个同样有趣的小门。这是一所极小的房子，保持着纯粹的日本传统风格。门开了，一个又矮又胖的仆人恭敬地大声说着一些礼节性的问候语。因为语言障碍，她始终不能明白我们的意图。我试着给她我们的名片，但看来还不如给她一枚诡雷。好在女主人听到了我们的喧扰声，终于走了出来。这个快乐的小妇人真是一点儿也没变啊！她一手拉着我，一手拉着我丈夫。尽管她从没见过也没听说过我丈夫——连我她也已经有十年没有见了，但是她能毫不费力地一眼就猜出他是谁，而且接待他的方式就像年轻母亲般令人温暖。

她本来就不怎么样的英语现在已经忘得差不多了。刚刚见面时，我们甚至都不能弄明白彼此在说些什么。但是不知怎的，十年时间好像仅仅一天一样。她问了我一大堆的问题，问到了我们学生时代所认识的每一个人。这时候，我们已经坐下来舒服地喝着茶了。她拍了三下手，仆人听命端上茶来，双手托着茶盘跪着送进屋来的方式，让茶盘看起来比仆人本身更加引人注目。永井派人叫来她的五个孩子。这

① 日本著名的歌舞伎俳优。——译者注

市川团十郎扮演他最喜欢的角色

身穿欧式服装的市川团十郎

我所认识的市川团十郎

几个有趣的小家伙儿给我们行了古怪的屈膝礼，然后就笑着跑出去了。

瓜生夫人小小的家里唯一带有欧洲印记的东西是三本旧书和一盒香烟。她高兴地微笑着，拿出香烟来招待我的丈夫。

当时她的丈夫正出海呢，这让她很遗憾。他是一名海军上尉，一个出色的男人。而她自己在教音乐。日本皇后建立了一个女子学院，她是那里的钢琴课教授。

第十三章

我认识的四位东京女性　三宫女士

她是东京这张浮世绘上的一抹亮色:作为一个生活在日本社会的欧洲女性,她能够根据场合恰如其分地选择使用日语或者母语。她能够在保持自己独立的个性及民族特质的同时,又对天皇的封建宫廷产生无与伦比的影响力。

在东方,我的西方同胞们常常令我大为尴尬。他们一次次笨拙的表现总是会玷污东方生活的完美。但是在东京,想要见到一个欧洲人却也并非易事,因此,偶尔能遇到一个欧洲人,也就忘记了嫌恶,反而会当他是迷人而新奇的画卷上一个独特的点缀。

我相信三宫女士是独一无二的——她具有高尚的品德、超群的智慧和迷人的性格。作为一个加入了日本国籍的欧洲女性,她在这个东方宫廷中也将影响深远。① 我曾经在印度当地亲王的宫廷里见到过一些欧洲女性,说得婉转一些,这些女性的资质根本不足以进入英国皇室,即便成为了皇室成员,她们自己也会非常尴尬。但眼前这位欧洲女士和她们截然不同。她的丈夫是一位杰出的男士,而她作为妻子又是那么令人尊敬。三宫女士的地位甚至比外国公使的夫人更为显著。因为外国公使夫人多是由于外交政策而得到所在国的容忍,或是按照国际礼仪而受到欢迎。而三宫女士如今是一个日本人了,日本人都尊重她并且愿意亲近她。而她也同样非常喜欢他们,愿意和他们在一起。

---

① 关于这一点,我现在知道是不正确的。青木子爵夫人(Viscountess Aoki),日本驻英国和柏林的公使很有教养的妻子,也是欧洲人。——作者注

三宫善胤(Yoshitane Sannomiya)是我所见过的日本男子中最英俊的一个,非常有男子气概。我的丈夫曾经和三宫先生长时间交谈,他说三宫先生与一般日本人相比,知识面要广得多,而且反应能力和理解能力都更卓越,英语的使用也更加标准。

写这些文字的时候,我面前放着的就是三宫善胤的名片。名片上,在他名字的下面,用法语印刷着这样的头衔:宫内省外事课科长。

他是天皇和皇后的红人。我常听他妻子说他是宫廷中最有影响力的人。这种表达乍一听有点儿极端,但随着对三宫女士的逐渐熟悉和了解,我也越来越认为这个表达是再贴切不过了。

大体上说,日本人从来不会亲自去做什么事情,他们只是洞察并指明每一件事情。三宫女士则不同,她从不多说什么,但却亲力亲为去做每一件事。日本人有两种非常杰出的天赋,就是优雅和洞察力。正是整个民族敏感的天赋孕育了天才。一张普通的白纸,一支钝了的铅笔,一个日本人(几乎所有的日本人都是艺术家)寥寥数笔之后,就会有一幅图画呈现在你面前。不是那种极其精细复杂的工笔画,而是凭灵感和直觉表现细节的写意画。比如只画三朵花瓣,就能给人整朵花的感觉。没错,如果你的心灵恰巧有哪怕一点点艺术感受力,那你甚至可以嗅到它的芳香。三宫女士十分优雅,但是她的优雅属于那种大女人的优雅,和她高贵的气质相得益彰。日本人欣赏她的高贵,这对他们来说是非常新奇的。因为它表明了人的性格当中一种奇特的力量。之所以这种高高在上的力量并不使他们厌烦,是因为它同时具备了优雅的特质。三宫女士还有一种天赋,比洞察力更强,就是能够很快抓住问题的实质。如果什么事情引起了她的兴趣或者与她相关,她柔软的双手会灵敏而迅速地拎出它的本质来。她的手自然是洁白而又温暖,她东京的那些朋友们都喜欢她的温柔,尊重她的活力和性格中的敏锐与刚毅,但却怎么也模仿不来。

我第一次见到三宫女士是在她的家里。在没有任何介绍信的情况下,我直接去拜访她,想请她帮个忙。我想这个世界上应该没有人愿意求人帮忙，我也憎恨这么做，所以我几乎不怎么求人。仅有的几次求人的经历我都记得很清楚，一是因为次数实在非常有限，二是因为每次都给我留下了很不愉快的记忆。但是这次有许多不得已的原因，不得不通过三宫女士请求皇后给我行个方便。我想每个女人在她一生当中都得尽一次她的职责，我就当是在尽我的职责吧。

我记得当我踏出帝国旅店的大门走进我的黄包车时，心里就很不舒服。坐在黄包车上，江户的条条街道飞驰而过。剧烈的身体疼痛和严苛的精神折磨让我更加苦不堪言，我抗拒着这五分钟路程中的一切事物，现在也已经忘记了看到过什么。或许并非每个人都能描绘出所有的景致，但是我希望所有人都能有幸拥有慧眼慧心，也许不经意间就已经被这些让人忽略掉的美丽所俘获。

回想起来，那真是一段长长的路程。刚到东京没几天的我，已经深深地陶醉在它的美景之中了。我们经过的街道店铺林立，这些商铺并不是用来刻意吸引有钱的欧洲人的，所以没有夸张的日本风格装饰品，不装腔作势，却是实实在在地售卖当地普通的生活必需品。

你能想象得出在东京没有欧洲商店吗？在我曾到过的所有大城市中，东京是唯一没有欧洲人经营的商店的地方。

接着我们经过了艺妓区。我注意到女人们都身穿柔软雅致的衣服，步履缓慢。她们的眼睛都画着浓重的眼影，牙齿洁白闪亮，嘴唇微微张开，唇膏厚厚的。从其中一个女人身边经过时，我发现她微启的嘴唇竟涂成了金黄色，还可以看到发黑的牙齿！我突然想起了快被遗忘了的米特福德书里的一页，确信自己是到了东京著名的吉原。后来我发现那个地方并没有老吉原区那样被护城墙围绕，所以它只是诸多新吉原区中的一个，说得更准确些，它是艺妓区中的一个。

日本在性道德方面和西方的观念截然不同。如果要向那些不常旅行的欧洲人说明这个问题的本质，恐怕一篇论证严密的冗长论文也未必尽言其意。简而言之，我所描述的这类日本女子是被社会公认的一个有着相当地位的阶层。不至于最高贵最令人尊敬，但身份绝对光明正大、不容置疑。世界各地的艺妓都非常相似:在坍塌的法洛兹普[1]古老庙宇前,她们身穿闪亮而俗气的破衣蜷伏在台阶上;或者在圣彼得堡披一件皮毛衣服;她们在法国巴黎喝着香槟;或者在突如其来的大雨天躲在摄政大街的一个小角落里。无论何种情况,全世界的艺妓几乎都被认为犯有严重的过失,并且把社会的根本法则玩弄于股掌之中任意毁坏。因此她们的脸上应该有着同一种表情,一种一眼就能辨出其身份的一致表情。但是这种表情在日本艺妓的脸上却不着痕迹。我们经过的东京街区的那些女人很平静地与我对视,在我的注视下她们的目光没有退缩,也不会没有礼貌地紧盯着他人。她们的手上和头发上也珠光宝气,但却一点儿也不让人感觉招摇。她们是这个镇上的黄褐色百合花,姿态慵懒,似乎唯恐不为人知。她们在毫不掩饰地声明:她们不耕作,并且也不纺织。

车夫拉着我来到芝公园。尽管我很着急赶路,但还是让他们稍作休息。倒不是因为他们累了,任何一个有自尊心的黄包车车夫在到达终点之前都不会承认累了。我让他们停下,是想好好看看这里。这里的树木吸引了我!加利福尼亚的"参天大树"比这里的高大得多,"黑森林"也比这里茂密得多,但是要论起雄伟壮丽的美,哪里的树木也无法和芝公园里的相媲美。

接下来的路程途经乡村。远远望去,在金黄色的稻田之中,种田的农民正站在齐脚深的水里。有些地方,黄色过渡为柔和闪亮的绿色,那是因为一些农民早早就种下了新禾苗。不时地还会看到一家家农民的房屋,即使看不确切,我也知道它们都带有干净凉爽的走廊,精致的窗户纸和滑动的纸门。当时是白天,每个门都敞开着。我们遇见一小群有趣的日本士兵。和西方的男儿相比,日本人在战场上太不严肃了。坦率地说,他们在军事方面十分可笑。他们超凡的敏锐性也使他们意识到了这一点。一个勇于剖腹自杀的民族并不缺乏敢于坦然

---

① 法洛兹普是印度旁遮普邦西部城市。——译者注

直面死亡的战士。日本人知道如何去死，但是他们却不知道如何去战斗，至少，不知道如何和西方军队战斗。如果真要开火，不啻于以卵击石，毕竟军备战术的优劣太过悬殊，他们必将会以失败告终。他们明白这一点，因此他们尽量避免战争，在不损害他们民族尊严的前提下想方设法、竭尽所能地避免战争。他们的民族自尊心是很强的。从目前的现状看起来，我这么说好像并不符合实际。尽管日本人正在为中日战争的（目前为止的）①结果而洋洋自得，但是他们是否疯狂到了敢向一个西方强国挑衅的地步，我仍然深表怀疑。

终于到了一个舒适漂亮的地方，那里穿着特殊制服的仆人们——我不知道用日语应该如何称呼他们——正在一块开阔地上工作。这已经到了三宫家居住的郊区。他们房子的颜色是一种比较独特的暗红色，门前绿树成荫，盛开的花丛香气袭人。在它们的掩映之下，房屋隐约可见。应门的仆人连最基本的英语也听不懂，我只好把名片连同一个用铅笔写的便条一起递了过去。

我被领到客厅等候，它的装潢相当气派。功能性的重要家具要么产自欧洲，要么按欧洲样式制造。古董和装饰用的家具（钢琴除外）则主要是日本本土制造的。厅内摆设着实令人赏心悦目，精美的图画有些出自日本艺术家之手，有些则是欧洲艺术家的作品。

一扇门无声地打开了，一下子让我想起了司各特的几句诗，也是我非常欣赏、经常吟诵的诗：

女主人款款而来
成熟、优雅
步态轻盈
威严尊贵

① 作者这里特意强调了到目前为止的结果，言外之意是对最终谁胜谁败还持保留态度。——译者注

恰似君临朝廷

在欧洲的时候，我从来没听说过三宫女士，也不知道她是如何下定决心开始这段不寻常的婚姻，随后定居日本的。但是不必与她面谈，我已知道她一定不是那种女冒险家。在她的一生中，她高贵的地位和持续的好名声从未间断过。她的话语和行动也都说明了这一点。她在进入日本宫廷这个圈子之前，对西方宫廷的生活方式也十分熟悉。

她是一个身材高大的女人，长相普通，但表情坚毅。一头浓密的卷发梳得非常用心，整齐的牙齿大而洁白。她的手大得出奇，但仍然非常漂亮。我第一眼看到她的时候，她穿着一件柔软的粉红色夹带灰绿色的开士米家居服，从样式看这个家居服本是出自日本，但我确信它是法国制造的。

在我的阅历中，像三宫女士这么有教养的女性凤毛麟角，像她这样能够给我一种平和力量的女性更是前所未有。她刚从东京回来，俄国皇太子遇刺几天后，她就被派去代表皇后去会见这位殿下了。

为了迎接俄国皇太子，东京做了精心的准备。日本皇室就像一个幼儿园，到处都是正在准备茶话会的孩子。其中所有繁琐的细节问题都安排给了筹办典礼的高手——三宫先生。他把每件事情都计划得如此完美，但我更倾向于认为这实际上出自他精明活跃的英国妻子。然而，“伟大的白俄君王”的儿子一踏上日本的领土，就遭到了暗杀。日本皇宫立即像被捅倒的马蜂窝一样炸开了，一切都笼罩在一种可笑的恐怖之中。每个人都寝食难安，皇后首当其冲，她一连好几个星期卧病在床、以泪洗面。整个国家好像都预料到俄国会派遣军舰攻击他们这个小小的岛国，并把它永远炸沉在深海之中。天皇紧急赶到东京看望皇太子，三宫女士就是在这时被皇后派去的。皇后的这一决定实在是再明智不过了。三宫女士被皇太子深深地吸引了，皇太子对待这一几乎要了他性命的事件表现得如此高贵和大度，根本没怎么把它当一回事。然而这一事件的确缩短了他愉快的行程，因为他的母后很自然地坚持让他立即返回。哪个母亲不会这么做呢？持续几个星期，日本停止了一切庆祝活动。

一场反对西方影响的运动已经在日本展开。这次意外的不幸更是起到了推波助澜的作用。所谓的西方文明确实有不尽人意的地方，看到日本干净明亮的生活方式笼罩在我们西方模式单调的灰色之下也确实令人遗憾。那些不合体的欧洲礼服穿在日本女性身上完全体现不出她们的形体美，这简直就是一种犯罪。我陶醉于日本，尽可能地欣赏和体味着它的一切。看到它的民族特色得以延续哪怕只是一点儿的时间也令我高兴，我相信热爱日本并且为日本人的福利而努力奔走的三宫女士一定比我感受更深。她告诉过我每当看到日本女性穿着欧洲长裙时她是多么为日本文化感到痛惜，但同时她又雄心勃勃要让日本皇室博采世界各国文化之众长。

第二次拜访三宫女士时，她带我参观了她的餐厅。护壁镶板的上方挂着许多镶框的照片。那都是一些大人物的照片，上面还附有他们的亲笔签名。欧洲每一位君王的照片几乎都能在这里找到。其中最大、最华丽的照片是维多利亚女王的。三宫女士对这张照片以及附带的女王来信感到非常骄傲。当时康诺公爵在日本时生病了，正是三宫女士照顾的他。公爵痊愈返回英格兰后，他的母亲——女王给这位有幸服侍公爵的女士发了一封感谢信，随信附有她自己的一张照片。

我不知道为什么她会被称做三宫"女士"。她的名片上印着"三宫善胤夫人"，但是整个日本都把她称作"女士"。

每次说起皇后，她总是充满了爱戴甚至有点儿怜惜之情。我想一定是皇后已经开始逐渐依赖三宫女士，经常发现让她帮忙拿主意要比自己做决定明智得多。显而易见，这位"女士"有着极大的影响力，我想她也很得意于自己的这种影响力。在日本，即使是皇室直系成员，也没有哪位女性可以像三宫女士这么自由地出入皇后的卧房。但是好像她并未因此招来嫉恨，因为她除了与生俱来的才华之外，她的社交能力同样也不同凡响。

第十四章

汤姆·斯特里特

我刚到横滨大约一个小时，就有人推开我们客厅的门，用好笑的支离破碎的英语告知我说他是我的黄包车车夫。我丈夫雇用了他，只要我准备好了，他随时都可以出发。当时是晚上十点，天已经黑了，我也饥肠辘辘，我们的晚饭刚刚做好，因此我请他把我丈夫好心给我所做的安排推迟到第二天早晨。

“你真是不失时机地给我在这儿找好了一辆黄包车。”吃饭时我对丈夫说。

“不是这样的，”他说，“那个家伙在走廊那儿拦住了我。他看起来极度渴望拉点儿活，因为你比其他我所认识的人都喜欢四处闲逛，我想他正是为你而准备的一匹骏马，因此就雇了他。”

第二天一早我就起来了——对我来说的确非常早了。我偷偷溜了出去，就是想一个人出去散散步。但是我的“车夫”突然跳了出来，用一辆干净舒适的黄包车把我拦住了。

我相信整个横滨再也找不出这样一个黄包车车夫了。我所知道的日本有一半是他告诉我的。我也相信他告诉我的都是真实的——他的讲述绝非刻意为之。他坚持说他的名字叫汤姆·斯特里特。他一点儿也不愿意再有其他的或者说更日本化的名字。当我发现他的确真的只希望别人叫他汤姆·斯特里特，我当然也就不再追问了。依我看，他是一个乔装改扮了的日本贵族，但是这一看法却经不住更严肃的考察。首先，他没有化装；其次，我想警察已经是出身高贵的日本人能够接受的最普通和低等的职业了。

日本是非常浪漫的民族。他们感情强烈，也相当感性化。我觉得他们在很多方面和法国人非常相似。虽然他们比法国人更有自制力，但也并不缺乏法国人那种歇斯底里的气质。疯狂的浪漫主义和有些造作的骑士精神令旧时代的日本浪人煞费苦心地做出了一些极端且富有戏剧性的"英勇事迹"。这些特点在当今的日本人身上依旧流行，并激励着日本"富有而时髦的年轻新贵们"在奇怪的地方做出奇怪的举止。如果日本人不总是这么优雅，他们的某些举动的确有时会让人们觉得荒唐可笑。事实上，他们一点儿也不可笑。他们如此优雅，令整个民族都显得那么高贵。有时站在街道的十字路口担任警戒任务的日本绅士会帮我们叫来黄包车并告诉我们时间。他就像一个知道所有讯息的守护神一样，是个训练有素的好警察。我们觉得日本的民情有时会很有趣，但是一点儿也不滑稽。

日本有着很古怪的风尚。一旦中国的东西开始在他们中间流行，他们所有的一切都会被中国化。而如果朝鲜的东西成为风尚，所有的一切又会被换成朝鲜的。他们的举动简直有点疯狂。几年前，欧式的东西在日本风靡一时。他们就派遣他们年轻一代中的精英到欧洲去接受教育。时髦的女士们从巴黎买来长连衣裙，日本每个有购买能力的男性都会去买一双英国的长靴、一件礼服大衣和一顶大礼帽。我们在日本时，已经开始有人对抗西方了。欧洲人已经不像以前那么深受喜爱了。俄国皇太子遇刺一事更是激起了他们正日益增长的对欧洲的不满情绪。我听说，这一不满情绪从那以后就不断地高涨。几天之前，这种情绪终于积聚到顶点，爆发了一场对尊贵的英国国教副主教的袭击。他是在东京街头遭到野蛮袭击的。至少我希望这已经到达了顶点，不会再有任何更糟糕的事情发生了。就像无缘无故地出现和高涨一样，这种排外情绪也会无声无息地消失。我们可以再次追赶日本那彩虹一般美妙的时尚潮流。

这些都源自于日本人民的过度敏感，而不是因为他们心存恶意，因为他们根本就没有一丁点儿恶意。他们的内心从本质上讲是好的，这些都是误解所致。所以，我们应该记住这一点，尽量不要引起他们的任何误解。最重要的是，我们永远也别取笑日本人，否则他们永远也不会原谅你。有一次我曾经取笑过他们，那是温和的、充满善意的取笑，连蝴蝶的翅膀和婴儿的粉腮都伤害不了，并且我通常也会和我自己的同胞们开玩笑，他们也会和我一起开心地笑。与此相比，那次取笑日本人仅仅是一次微笑而已。和我经常遭到的捧腹大笑相比也是微不足道的。我只是在一个如此遥远的地方，在离日本千里之外的伦敦放纵自己似的笑了一下，就很严重地冒犯了他们。

多年之前，我把在东京看到的一个红色房子写成了白色的，这便引起了一阵骚动。有人在一份日本当地出版的很有声望的报纸上用即使称不上优雅但也十分雄辩的英语谴责了我。这份报纸也是用英语发行的。

再没有比日本人更令我欣赏的民族了。即使它会给我带来那来自古老中国的攻击性的评论，我也必须得把我眼中的日本如实地描述出来。

日本是极度敏感的民族，因此他们有世界上最有品位的艺术家和最具鉴赏力的工匠。我们的确欠日本太多了——太多了，我们或许永远都还不清——我们有必要温和地对待她少有的一些小小的过失。让我们记住，他们虽然具备吸收别国文化精华的才能，但并没有照搬我们西方粗俗的方式。

如果日本人能够明白真正的高贵并不在乎受到冒犯，也不会纠缠于琐碎的事件——如果他们能够明白没有一个民族是完美的，即使是日本也不例外；如果他们能够明白对他们一味的赞美也是没有任何意义的，那么他们的国家将会得到更多。

我们在日本时，反对西方的声音还不多，也都是悄悄进行的。现在我听说已经震耳欲聋。在东京，西方人已经开始受到攻击了。不过反对的声音会渐渐沉寂下来的，让我们祈祷它永远变得死寂一般。或许，如果我们十分友好并且能够证明我们值得获得他们牢固的友谊，我们可能会消灭掉这种声音。这是我们十分渴望的事情，因为日本是世界的花园——19世纪的伊甸园。如果我们被它拒之门外或者被勉强地容忍接纳，那该是一件多么令人遗憾的事情。

汤姆·斯特里特对他的横滨了如指掌。他知道所有美景胜地。每次当我们偶然来到一处无比优美的地方，他通常都会以一个充满激情的乐队指挥的神态飞快地把我带到一个拐角，停下来，以一种权威性的口吻说："你把它画下来。"然后，他就会四处闲逛，给我采来一大捧野花。数不清有多少个小时，我曾坐在离那些可爱的茅草屋仅仅几码的地方，试图描绘出草屋以及那鲜花飘香的篱笆。汤姆总是坦率地说出他对我的素描有何看法，但他的确是一个和善的批评家。如果我出去时带了一盒水彩，他总是会设法搞到一碗水，或是从小茅屋里求来的，或是从附近的溪水边打来的。我经常会带着小儿子一起出来。有时他和我一起坐在同一辆黄包车里，更多时候他自己坐在另一辆车里。可这样也从来没有耽误过我画画。汤姆会带着他玩上好几个小时。他们一起采摘野花，汤姆会把野花编织成各种各样稀奇古怪的东西。他有一次用野紫鸢编织成一栋房子，还编了一个洋娃娃，用红玫瑰做她的脸庞，用紫藤给她编织了华美的和服。他通常会以一种幼儿园的授课方式教我儿子学日语，告诉他怪异的日本传说，让他猜有趣的日本谜语。有时他们俩在阳光和煦的山坡上跑上跑下、你追我赶。通常，当孩子睡着之后，看起来非常严肃的汤姆就会背着他，把他放到我的腿上，或着放在自己的黄包车里。

汤姆知道路边所有一流的店铺和拥挤杂乱的杂货市场，如果你坚持不懈、热情不减、有鉴别力，你一定会在那里买到真正的古董。汤姆对我买的东西有很大的兴趣，经常会请求阿妈给他看看我到底买了些什么。他会很开心地笑话我买的成堆的柔软彩绸。他也曾真心想把我在东京买到的一件铜器买了去。他对铜器的确挺在行，在横滨，一个古董商曾经想以我购买价格的25倍来买我的那个铜花瓶，如果我愿意卖的话。汤姆坦率地告诉我，为一个甘薯我付了过多的价格，不过他非常喜欢我在横滨买的一盒特别的水彩。

汤姆是一个穿着比较讲究的黄包车夫。他穿着结实完好的鞋子，长长的、干净的袜子，一件外套或者衬衫，以及用耐用的深蓝色布料做成的短裤，头戴一顶白色的平顶硬边草帽，上面有一条干净的白色丝带。汤姆通常会在丝带里插上一枝玫瑰。他是个帅气的小伙子，身体强壮，在日本人里面算得上大块头了。他渴望去欧洲，请求我们带他去。他愿意做任何我们安排给他的工作，愿意白干两年不要一分工钱。他对西方表现出了极大的好奇心。他从来没问过我，但他在等我时经常偷偷溜到走廊的台阶附近，问我丈夫："你在纽约也这样做吗？""你在伦敦有那样的东西吗？""是不是一个男人只要身强力壮就能在英国赚到足够的钱？"他完全能够读懂英语，也很想学会写。我的丈夫在一本空白账薄上帮他写下了他的名字。汤姆简直欣喜若狂，几乎每天都会带着这本书向人们展示他的进步。

在横滨有不少美国人，个个看起来都挺快乐的。我们在海港有一艘军舰，那些英俊的海军经常会到岸上来。海军上将贝尔纳普慷慨地把他的乐队借给了我们，于是解决了我们急需的管弦乐队的问题。

我们在一位美国绅士的家里度过了许多幸福快乐的日日夜夜，他是横滨一家风趣幽默的报纸的主编。他妻子和我在旧金山有几个共同的朋友。当我坐在他们装饰精美的家里，看着她优雅的姿态和漂亮可爱的孩子们时，我几乎感到自己又回到了故乡。如果不是花瓶里那些奇特的花朵和身穿和服的仆人，我会真的这么认为。在那里到处都能遇到报界人士，他们是这个圈子里最快乐的人。我记得在横滨、上海、香港、新加坡、加尔各答等其他数十个东方城市都有记者朋友。我认为士兵、水手和他们的妻子比其他人要稍好一些，其次就是那些舞文弄墨的人比较有趣、容易交往、讨人喜欢。

也有人问我："你觉得演员怎么样？"他们好像我的兄弟姐妹。我为他们而骄傲自豪，我爱他们。但是，或许让其他的作家来赞扬他们要比我更适宜。而且，除了我们这些人以外，在东方我也没有见过多少演员。

两位来自波士顿的迷人女士经常会从她们美丽的花园里摘下一些白玫瑰送给我。她们的家多么令人心驰神往啊！一想起她们和她们的花园我就开心不已。我们在横滨从未遇到过一个令人讨厌的美国人。没有一个团体比有教养的美国人组成的团体更令人愉快了。

五月三十号，我和儿子一起乘坐黄包车出发了。汤姆把车停在一边，等待一个不长的游行队伍过去，我的心激动地跳了起来。军舰上的士兵正在缓慢地向前行进。他们手中高举着美国国旗，乐队正在演奏“为哥伦比亚欢呼”。那天是阵亡将士纪念日。在横滨有一块欧洲人的墓地，这些美国人顶着炎炎烈日来到长眠在那里的美国水手墓前，给他们献上一束束鲜花。

夜晚的日本笼罩在美丽的星光下。在横滨，幕间的时候，我通常会坐在剧院外面的台阶上。那儿有台阶直接通向后台入口，那是离剧院出口最远的地方，这个地方在我看来真够奇特的。顺着台阶往下走，就来到了一个美丽的花园。花园里绿树成荫，盛开的鲜花在树阴下争奇斗艳。乐队——我们的军舰曾经好心地借给我们的乐队——正在演奏“沿着那亲爱的斯瓦尼河畔”[①]。然后，他们又演奏了“玛莎永眠黄土中”。当优美的黑人音乐渐渐沉静下来，盲人按摩师感伤的曲调从城市深处传来。最哀怨的日本歌曲和最悲伤的美国歌曲交织在一起。

据我所知，日本人的善良突出地表现在他们为盲人所提供的赢利性行业。和印度比起来，在日本按摩并不算多么奢侈，也不像在印度一样具有艺术性。

日本的这些盲人按摩师可以独自上街，他们一点儿也不害怕，因为他们非常安全。他们悲哀的口哨声能够引发善良的同胞们的同情

① 这首美国歌曲的名字叫“故乡的亲人”(Old Folks at Home)，又名“斯瓦尼河”(Swanee River)，由福斯特(Stephen Collins Foster，1826～1864)作曲。这是歌曲的第一句。——译者注

心，也的确得到了人们广泛持久的慷慨回报。我记得在日本许多个寂静的夜晚，就是这些悲伤的声音伴随着我们休憩和入眠。我不记得有哪一天没有听到过他们悲伤的音调。

我很想告诉大家我们为什么没有在天皇面前表演。但是即使这是一位女士写的，也必须在一个章节之内写完。因此我必须把我们费心设计的那些夜晚和进行外交的那些日子压缩在一页纸里。

我们渴望能够在天皇的宫廷里演出《威尼斯商人》。为此，我们求助了有影响力的人，认为我们的请求会得到考虑，但是我们失败了。如果不是那个疯子试图刺杀俄国皇太子，我们可能已经成功了。这给了我们致命的一击，所有的希望都破灭了。我们错过了一次绝好的机会，我们如此渴望能够在天皇的宫殿里表明自己所热爱的信念——伟大的英国戏剧。但我们已经尽力了，至少我把很多美好的记忆都归功于我们的坚持。“所有的成功都如同凤凰再生一般来自于失败的灰烬。”我们没能在天皇面前演出——但我在日本能有两次独特的经历还要感谢那次失败。

一次是乘坐黄包车从横滨到东京。另一次是在一个日本剧院给日本观众演出《恺撒大帝》[①]。观看演出的没有一个是国际化了的日本人，都是些保守的日本大众。那是一次有趣的经历，另一次经历则更愉快。

实际上，我们曾经在日本剧院演出过两次。一次是在下午，一次是在晚上。我们的听众都坐在长凳上，非常矮的凳子，或者坐在礼堂的地板上。和我们比起来，他们的表现要好得多，因为当应该悲痛欲绝的时候我们却大笑不已。我为自己那时的失职感到内疚，从我演员生涯开始的初期，我就对自己在舞台上不合时宜的大笑感到自责。但是他们真的太可笑了，那些目瞪口呆、身穿和服的人。其中很多是女人，每个女人好像都带着一个小孩儿。在观看一出不错的《恺撒大帝》

---

① 莎士比亚戏剧。——译者注

的演出时，孩子们会很自然地去做一些无关的事情，这些黄皮肤的小孩子也是这样。那可真是一次古怪有趣的经历。而我们都很高兴第二天晚上就返回了欧洲剧院，给我们那些更有教养的能够附和我们的观众演出。

我费了一番工夫才说服汤姆·斯特里特把我从横滨拉到东京。他向我保证如果坐火车去的话，只需花很少的钱，并且一会儿就到了。我向他强调这些我全都知道。但是以前总是坐火车旅行，我决定坐一次黄包车。汤姆真的很犯愁，但是经过我的威胁和我丈夫的贿赂，他还是同意了。我忘记了从横滨到东京究竟有多远。我也从来都记不住那些敏感而且有用的数字，大约是在 15 到 20 英里之间。

天刚蒙蒙亮我们就出发了。在六月的日本，那的确是非常早的。约翰，马德拉斯人，也一大早就起床了，他把另外那个仆人也吆喝了起来，给我煮了一个鸡蛋和一杯咖啡。我丈夫在和服外面披了件大外套，出来送我。阿妈在黄包车上塞了好些垫子，然后我们就出发了。

汤姆有个同伴，一个快活结实的年轻人，他被叫做“推车人”。在东京，如果一辆黄包车有两个车夫，他们都拉车，一前一后地跑。但是在横滨，如果有两个车夫的话，一个拉，另一个则跟在后面推。一个被称做“拉车人”，另一个则被称做“推车人”。

汤姆和他的同伴在去东京的路上交换了几次位置。他们休息了两次，每次大约一刻钟。离开横滨三个半小时之后，我就来到了东京的旅店，洗了个热水澡，悠闲地吃着可口的早餐。

我们这次旅行穿过了乡间和一些小村庄。在这些小村庄，你不会发现有任何欧洲人的足迹。

那天早上，我向汤姆询问了我所看到的每一件事，他的每个回答都那么巧妙。并且，我后来得知他的回答都是很准确的。他是他们中的一员，他了解他们以及他们的生活方式。

在从横滨到江户的半道上，我们在一个收费站停了下来。有个女人以政府的名义向我收了几个铜钱。我买了一瓶很难喝的饮料，发现根本就喝不下去。我的车夫们吃了一些生鸡蛋，他们吃得可真香。然后我们就继续上路了。我们的第二次停顿是在到达了东京的郊区之后，这也是最后一次停顿了。车夫们吃了一种装在细长的高脚酒杯里的由白布丁、糖和米酒混合在一起的东西。

这次乘坐黄包车的旅行令我非常开心，我给了两个车夫每人一个日元，告诉他们休息一天，当天晚上五点的时候准备返回。当我两点办完事情回到旅店的时候，旅店经理平静地通知我汤姆和他的朋友已经返回了横滨，给我留言让我坐火车回去。我非常生气。我还指望能够乘坐黄包车欣赏日本的黄昏呢。度过了漫长而又繁忙的一天，晚上返回横滨时，我的不快已经平息了。汤姆正在车站接我。

"你怎么敢把我自己扔在那里?"我追问他，"你怎么知道我有足够的钱可以坐火车回家?"

"你有很多日元，"他说，"你还给了我们两元呢。"

在日本，处理家务事是一件令人愉快的事情，但是不比在中国轻松。大部分的日本仆人跟汤姆差不多，反应非常迅速，也很有能力，可他们有时不服管束。

我们离开横滨的时候，我比亏欠汤姆的多给了他三个日元。他却因为我没有再多给他一些而咒骂我。但是他送给我儿子一件日本的纪念品，并且当我们从码头离开时，他使劲挥舞着他的草帽和我们告别。

我渴望能够再一次回到日本，感受一下她那各式各样的扇子所扇出的柔柔轻风，看一看她那无数的灯笼所发出的朦胧的光辉，闻一闻她的线香和盛开的鲜花所释放出来的香味儿，欣赏一下她不计其数的漂亮的蝴蝶那轻盈的飞舞。

第十五章
东方的葬礼　日本的葬礼

在日本，被西化的主要是中产阶级，上流社会的贵族阶层和贫苦的农民阶层则紧紧地固着于古老的民族习俗。中产阶级们可以四处游历，而日本的普通民众都太贫穷，贵族则被严格的责任所束缚，因而都不能离开日本太远。真正被西化的是那些来自普通的贵族家庭和富有绅士家庭的年轻人，他们到剑桥或牛津完成了学业，返回家乡时，就真的变成了西化的东方人。除此之外，阶级偏见在上流社会和底层社会也要比在中间阶层严重得多。

我在东京的时候，参加了一个葬礼。但是我不能想当然认为那就是一个典型的日本葬礼。即使是那些想详尽描述日本的作家对于日本的葬丧习俗也是一头雾水。为什么很难确定地去描述这个问题，有很多不同的原因。首先，整个日本，像古代的高卢一样，被分成了三个部分：古老守旧的日本，崭新的破除旧习的日本和介于这两者之间妥协的日本。在第三个日本，虚无就是一切，一切就是每个个体。欧洲的习惯和日本的风俗令人讨厌地搅和在一块儿。第二个原因是如果我们把这个问题仅限于古老守旧的日本人——那些独特有趣的日本人——我们就会发现他们也被分成了很多派系，这些派系又被分成了很多个家庭。某件事对于山本(Yamamato)家庭来说可能是千真万确的，而对于野边(Nozeyama)家来说或许就是天方夜谭。对于那些习惯于把宗教看得很严肃的民族来说，日本的宗教是非常令人困惑的。宗教本身在日本绝对是个大问题。我尽量用简单的语言把它讲清楚。日本人中有相当一部分是自由自在的佛教徒，他们对佛教并不是那么笃信，但仍算是佛教徒。但这些佛教徒被分成了15个派系。每个派系的丧葬习俗都和其他任何一个不同。还有一些需要遵循的规矩是由死者的社会地位决定的，一些是由死者所属的家庭决定的，还有一些则取决于他的财力。

我参加过一个日本人的葬礼。我再重申一遍，它并不能代表所有的日本葬礼。

葬礼的前一天，我来到了要办丧事的日本家庭。死者曾经是日本上层商业界的知名人士。几百名日本男人和女人静默地进进出出。他们是来和这位他们熟知并且敬爱的故人告别的，他们都穿得十分素雅。到一个失去了亲人的日本人家里去，如果穿得不是最简单、最朴素的衣服，将会是对这个家庭的侮辱。我们跟随着其他人一起来到了这座房子，我跟着一位日本绅士以及他的妻子。一个年老的男仆把我们带进一间很大很漂亮的房间，另外一个仆人负责招待我们。这些人都穿着最朴素的深蓝色衣服，眼睛都红红的。房间是严格地按照日本的传统风格装饰的，到处都是面带悲伤的人。有几个人赶忙在靠窗的地方给我用垫子铺了一个座位。当然，房间里没有座椅，只有垫子。日本人从不会缺乏礼数，他们的礼貌也永远不会消退。它才是在日本被普遍接受了的最真实的宗教，没有人持敌对意见。任何一个日本人都绝不会允许任何东西来削弱自己表达充分而优雅的礼貌，因为他认为自己有义务这么做，任何事情也不能阻挡。

已被定罪、将要剖腹自杀的人会彬彬有礼地向目击者和助手们鞠躬。悲伤、困难、疾病、死亡、婚姻，哪怕是出生也不能令日本人的礼数稍减一分。一天晚上，在神户，我到一个贫穷的日本女人的草屋去看望她，她突然病得很重。当我们走进屋时，我发现她只剩下很短的时间来享受母性的快乐了。但是，在她按照日本的礼仪讲完所有的问候语并给我倒了一杯茶之前，她不让我为她做任何事情。难怪日本女性比其他任何一个民族的女性都更加迷人。她们之中，就连最贫穷、最底层的女人在展示女性最大的魅力——重视礼仪方面都表现得那么无畏！

我刚刚提到，我们被一个男仆带进了一个很大很漂亮的房间，在那里，有人好心地帮我安排了一个不错的座位。那个房间就是停放死者的房间的前厅。女仆们正在分发一盘盘糖果，每个人都拒绝了，他们指着里面的房门摇着头。然后，一个白发苍苍的老人，显然，他并不是仆人，给我们端来一个雕刻精致的象牙托盘，上面有盛着米酒的小银杯。这个世界上，有两种东西我实在喝不下去——威士忌和米酒。它们非常相似，米酒就是日本的威士忌，对我来说甚至比西方的威士忌还要难喝。和我一起来的朋友知道我对米酒的厌恶，急忙竭尽所能地向我飞奔而来。按照日本人的礼仪，在服丧的家里是不允许来回走动的，除非很缓慢地移动。“你必须喝了它，”她低声说，“这是在为死者干杯。给你端酒的是他的兄弟，如果你不喝，对他将会是极大的冒犯。”我端起酒杯，站了起来，正要像其他人一样深深地鞠躬，但是这个年长的倒酒人温和地示意我坐到我的垫子上去。“你不用遵循我们奇特的习俗。你能到这儿来，我的姐姐已经很高兴了。”几年之前，在华盛顿，我就和死者的妻子很熟悉了。

每过一会儿，就会有一个仆人从里面推开隔壁房间的门。他这么做时，就会有几个人走进停放死者的房间。轮到我们了，我们走了进去。一块很大的白布铺在地上，中间停放着一口矮矮的棺材，死者身穿他最好的和服躺在上面。在他的胸口和服敞开的地方，露出了半枝玫瑰。房间里充溢着花香。仆人们安静地站在门边，整个房间弥漫着一种悲伤怜悯的气氛。我的两个朋友弯下腰，亲吻死者的脸庞，然后我们就从一个和进来的门正对着的门里走了出去。

我们正要离开时，有人给我传话说死者的妻子想见我一面。我走上楼来，被带进一个房间，这个房间位于我们刚离开的那个房间的正上方。这是一个标准的日本卧室。这个失去亲人的女人半坐半躺在她的床席上。一只胳膊肘搁在她那个独特的日式小枕头上。按照日本居丧的礼节，她穿着粗糙的麻布衣。我认为如果我把和她一起度过的这五分钟写出来的话是不合适的。我们是朋友，我不能利用她的痛苦去完成一个段落，我们两个种族间巨大的差异只能算是一个非常拙劣的理由。

第二天，我去寺庙参加了下葬仪式。已经看不到尸体了，尸体被装进棺材，以一种坐姿封进一个正方形的木盒子里。盒子里装满了卡红，防止尸体腐烂。这样花费不菲，如果没有足够的钱，就得把它涂进死者的耳朵、鼻子和嘴巴，一定程度上也能够防止腐烂。

寺庙的一间屋里摆放着白石板，上面刻着死者进入天堂时要使用的新名字。死后，每个保守的日本人，如果是佛教徒的话，都会有一个新名字。这被称做冥名，或者伴随的名字。哀悼者到这间房子里烧香，每个人都会拿到一纸袋香，在石板前烧掉。石板后面坐着寺庙里的僧人。这个寺庙本身看起来是一个明快而令人愉悦的地方，要和这群人沉重而压抑的心情保持一致，令这个寺庙显得有些怪异。在日本人的葬礼上，举止就是一切。但是即便不是这样，这个有着高尚情趣的民族也不可能在这样一种场合表现得轻佻。

我们去的那个墓地也同样明亮欢快。它坐落在一个小山和缓的斜坡上，那里简直就是一个花香扑鼻的天堂。坟墓之间都有一定的距离，无一例外，都打理得很仔细。许多坟墓上面都建有一个雕刻成峰状的大理石顶。有些石顶上面垂下一些小铃铛，日本人特别喜爱这种铃铛，他们的寺庙和用来祷告的房子总是会用这种铃铛装饰。棺材被放进一个已经被忍冬花和玫瑰花填了一半的坟墓。更多的花朵被扔在了棺材上面，更确切一点儿说，应该是被扔在了几个棺材的上面。因为里面的盒子里还套着好几个盒子。香再次燃起，直到空气中弥漫着一股盛开的鲜花特有的清香和浓重的人工合成香料混合在一起的味道。然后，我们离开了墓地，那真是我所见到的最难令人悲伤的墓地了。一条潺潺流淌着的小溪流过那片墓地。墓地里，还坐落着几座又矮又宽的宝塔和几个祈祷所——小型的寺庙。这里的每一件东西都那么整洁、安静，布置得井井有条，除了正在盛开的青藤，它们正肆无忌惮地到处蔓延。

日本人过去通常采用火葬。但我相信如今这已不再普遍。当然，火葬长久以来一直仅限于贫困阶层，现在即使是在他们中间，这种丧葬仪式也一年比一年少了。

以坐姿来埋葬死者的习俗是非常普遍的，但也并非没有例外，并且这种情况也在日益减少。在很多日本家庭，孩子们现在还是会被送往各种相关部门进行严格训练，以便随时可以在他们亲属的葬礼上完成这个仪式。日本仍保留着一个怪异的古老习俗。在纸条上写下所有参加葬礼的人的名字。然后，这些纸条都被绑在一起，有时会捆绑得非常雅致，作为传家宝一代一代地传下去。令人好奇的是，就我所知道的日本人的书写规则来说，应该是从右往左写的，但是这些纸条上的书写方式则是一个例外。这些写有参加葬礼的宾客名字的纸条和我们一样是从左往右写的。

相对于东方的其他国家来说，日本人在处理死亡和随后的葬礼仪式方面更加简单和泰然自若。他们天生就不是容易犯愁的民族，他们更不会夸大这种忧愁。他们的墓地总是那么美丽、宁静。无论从哪个角度来说，这些墓地都是最适合这个无比优雅、极富艺术气质、令人愉快的民族的死者休憩的地方。

第十六章

东方的婚礼　日本的婚礼

孔子曾经说过："男尊女卑；弱者自然要服从于强者；天永远在地之上；臣要服从于君。这是亘古不变的法则。"①那些主张把中国和日本的女性放在和其男性平等的位置上的西方改革者们必须首先矫正中国人和日本人对孔子极深的敬畏之心。那将是一件无比困难的事情。孔子的话千百年来一直被当作真理，并且很多已经受住了时间的考验——那些善良的人和有学识的人都对他深信不疑——因此，必须得是极有才能的"洋鬼子"才能劝服春芳(Chun-Fan)和羽濑山(Uzeyama)相信孔子并不是绝对无误的。最大的困难还是在于这些女性。有时，一个男性异教徒可能会放弃对异教神祇的膜拜，然而，女性异教徒却几乎从来都不会。中国和日本男女性别的相对地位就是基于孔子的这些独特的言论，以及他其他类似的言论，还有一些在文学作品中被奉若神明的话语。的确，中国和日本的男性认为女性要比他们低下。但是，如果因此就认为在中国和日本，男性对女性必定是不友善的，甚至是粗暴的，那就大错特错了。这是一个严重的错误，也是一个十分普遍和愚蠢的错误。我们大部分人认为孩子在智力和体力上都

---

① 原文用了引号，但查阅了《论语》，没有找到和英语表达一致的言论，只找到《论语·颜渊》："齐景公问政于孔子。孔子对曰：君君，臣臣，父父，子子。"《庄子》外篇《天道》有："君先而臣从，父先而子从，兄先而弟从，长先而少从，男先而女从，夫先而妇从。夫尊卑先后，天地之行也，故圣人取象焉。"有可能是作者搞错了，是庄子而非孔子。另外，汉代董仲舒《春秋繁露·基义》："君臣、父子、夫妇之义，皆取诸阴阳之道。君为阳，臣为阴；父为阳，子为阴；夫为阳，妻为阴。……王道之三纲，可求于天。"也或者是取孔子大概的意思，而不是原话。——译者注

不如我们，我们有权利让他们听从于我们。但是我们并不会因此就痛打和辱骂这些时常围绕在我们膝边的小家伙们。尽管（缅甸人除外）亚洲的男性认为他们比女性强，但是作为一个规矩，他们仍然还是会对女性非常温柔的。在东方的夫妻关系中，总是有一种父爱般的情感存在。

还有一点被那些一边悠闲地喝着四点钟的下午茶，一边为生活在愚昧中国的姐妹们而叹息的欧美女性们忽视了。那就是，她们忘记了爱的力量，忘记了爱是如何把"低微卑贱的人变得伟大高尚"的。如果欧洲颓废的女性们曾经把爱情像一件可笑的奢侈品或一个毫无用处的同伴一样扔掉，亚洲的女性可不会这样。那是她们的依靠。当我们把自己解放了的双手伸向身处悲惨境地的亚洲女性时，我们忘记了沐浴在爱情里的女性是无所不能的。

我认为日本女性在她们自己的家里是至高无上的。按规矩，她们极少或者说并不插手公共事务，但我猜想她们自己对这些事情的漠不关心是造成这一状态的主要原因。总体来说，日本女性并不是那么勤劳努力和智慧超群的。她们的光彩像京都的象牙雕刻一样优雅、漂亮、精美，像东京的刺绣一样绚烂夺目。虽然她们几乎没有，或者说并不具备成为政治家的素质。但是她们对于日本男性来说就像日本对于整个世界一样——她们是美丽的楷模、优雅的典范、礼仪之花。在她们之中，殷勤被发挥到了极致。她们是甜美的避风港，一见之下就会令你心旷神怡，顿生爱恋。

对于那些能够读懂日本古怪而优雅字符的外国人来说，这个国家就像一部打开的书。当你踏上日本土地的那一刻，你就成了整个日本的贵宾。每个日本人都觉得自己是这里的主人，他有义务欢迎和取悦你。因此，要想了解他们国家的风俗和家庭生活，应该是非常容易的事情。如果这些都能一直持续下去的话，的确是非常容易。但是日本人如同他们自己的七彩绸缎一样变化多端，就像三棱镜的色彩一样令人目眩。如果想要对日本人进行总结，"日本人会这么做；日本人会这样想；日本人的感受是这样的；日本人喜欢这些东西”，就如同要从一朵盛开的玫瑰花上把红色和粉色彻底分离出来，把白色从奶油色中提取出来一样，根本无法做到。同样也有一些阶段，日本对欧洲人来说成了一本封闭得严严实实的书。在那些时期，“日本是日本人的日本”成了他们民族的呼声。此时，要想深入了解日本人的内心是非常困难的，想要了解日本人的家庭生活更是不可能。

在日本仍然有少数家庭固守着传统习俗。比如在婚姻庆典方面，他们的仪式远比那些提倡新思想的日本人家庭有趣得多。日本人的婚姻也缔结在利益和喜好基础之上，这一点几乎所有的国家都是如此，所以不能说这就是日本的一个鲜明特色。婚姻的条件是通过双方的一个共同的朋友制定的，这个朋友就被称做“中间人”。当婚姻最终确定下来之后，条件也都商定好了，新郎会通过中间人送给新娘一份礼物。这被称做“彩礼”。一旦女方家接受了彩礼，就意味着婚约已经缔结，不能反悔了。接着，纷繁的礼物在两个家庭间互赠。双方将要向对方家庭中的几乎每个人赠送很多令人眼花缭乱的礼物。其中新郎赠送给新娘的七种调味品和七桶葡萄酒，通常会被新娘转赠给她的父母。其他大部分礼物新娘自己留下，包括丝绸、绣金制品和几件和服等等。有些东西必不可少，比如一条绣金腰带、一匹织有固定的菱形图案的白色丝织品、一件白色的丝制和服，和一些其他的白色丝织品。这些丝织品的折叠和包装方式也非常重要。新郎还会送给他未来的岳父一把剑、剑鞘以及一大堆其他的礼物，送给未来岳母一件丝制和服以及酒和调味品。新娘的父母亲收到多少礼物，也要按照同等价值送礼物给新郎。只有新娘不需要和新郎交换礼物。结婚当天的晚上，新郎会送给新娘两件丝制和服，这两件和服和之前交换礼物时送的那件和服，都是不许折叠的。

婚礼那天晚上，当新娘从她父母家前往她丈夫家时，漫长的仪式就开始了。这两家的大门前都会放上一张席子。新娘的房门前还会停着一顶花轿。

她走过来了！最后一次，作为一个孩子，站在父亲的家门口。繁茂的青色藤条充满希冀地映衬着她精心梳起的发式。一股温暖、甜蜜的香气从玫瑰园中悄悄袭来，和她温婉、甜美的嘴唇所散发出的香气融合在一起。樱桃的清香若隐若现，混和着苹果花的香味儿一起随着轻柔的微风拂来，吹动着新娘披戴的白色长纱。在它的映衬下，新娘真是无比优雅。西边的天空上落日正洒下最后的余晖。姑娘极力控制着自己的情绪，但娇腮上还是泛起了柔和的红晕。一轮新月悄悄从玫瑰园的后面透过忍冬花的藤蔓钻了出来。女孩儿的双眼如此清澈纯洁。她的母亲在低声地哭泣，这让女孩儿如花的脸庞轻轻颤抖了几下，然后，她就迈进了花轿。轿夫们抬起花轿，把新娘送往她的新家，开始她崭新的生活。金色的铃铛快响起来吧！日本最繁茂馥郁的野花快盛开吧！新娘来了！她穿着洁白的礼服。最外层的真丝礼服上绣着独特的菱形图案。跟在她身后的人抬着数不清的礼物。其中有一个上了漆的竹篮最为贵重精美，抬竹篮的人也非常重要。你知道那里面装着什么吗？是一些蛤！它们会被做成婚礼上喝的汤。遍寻整个马萨诸塞州也找不到一个人能像日本厨师一样把蛤做成如此美味的鲜汤。紧随其后的其他人小心翼翼地抬着一个古老珍贵的亮漆托盘，里面放着新娘送给她丈夫的礼物：七本小册子、一把做工精良的剑、一把扇子、两条腰带、两条缝在一起的真丝和服和一件麻布做的燕尾礼服。礼服在中国或日本贵族的衣橱中占有着重要的地位。如果有时间的话，真该研究一下日本人和中国人究竟为什么会在某些重要场合必须穿着特定的服饰，这么做又有什么特殊的意义，那一定会非常有意思。顺便我想说一句，日本所有的礼服中最重要的就是那种用麻布做的衣袖宽大的和服。这种服装是一些要员在切腹自杀时要穿的。无论如何，这必须由新娘本人给新郎带来。

为了迎接新娘的到来，新郎家门前会燃起巨大的“花园火把”，也就是两堆点燃的火焰，新郎家正门的两边各一堆。每堆篝火边都坐着一男一女在捣米。两堆火之间铺着一块席子，新娘的花轿会停放在席子上。当新娘经过时，左边的米就要和右边的米合撒在一起。这被称做“混合米粉”，类似于古老的拉丁婚俗中的某个细节。新娘走进去之后，有两支蜡烛的烛芯要被纠结在一起，象征着新郎和新娘精神和肉体的交融。两个缠绕在一起的烛芯会一起燃烧一阵儿，然后熄灭。我认为，这象征着一对新人生死与共、白头偕老。

婚庆仪式非常隆重，包括一场独特的盛大婚宴，但是不含任何宗教色彩。日本的宗教并不十分引人注意。无论在切腹自杀的仪式上，还是在婚庆仪式上都没有任何教徒参加。宴会极具日本特色。它非常特别(从我们的角度来看)，同时也非常精美高雅。人们无数次地端起酒杯，但是每个酒杯都小得可笑，只能盛极少量的酒。酒被装在酒壶里，每个酒壶上都绑着纸蝴蝶。这些纸蝴蝶异常美丽、栩栩如生，简直就是艺术品。菜单上列有调味品、浓汤——鱼翅蛤蜊汤和鲤鱼汤。酒席上主食当然必不可少，经过日本厨师的高超厨艺，米饭也变得极具特色。宴会过后，新娘和新郎脱掉外衣，新郎换上新娘带来的礼服，新娘换上新郎送的礼服。然后新娘要带着送给公婆的礼物步行到两位老人的家。在那儿，会喝更多的酒，遵循一些独特而又优雅的日本礼节。如果新郎的父母已经亡故，新娘就会被带到刻着公婆名字的牌位前，面对着牌位，深深地鞠三个躬。

婚房被新婚夫妇的女性朋友们整理得非常漂亮。始于一个甜蜜的环境，是日本人婚姻生活的一大好处吧。在更早的年代，新娘都要涂黑自己的牙齿，刮掉自己的眉毛。而目前这些行为已仅存于下等阶层了。因为日本人是一个艺术品位极高的民族，是不会永远保留那些有损他们形象的习俗的。如今的日本已婚女性在各方面都显得非常漂亮，也决不会允许自己面目丑陋。她们坐在花香袭人的可爱庭院里，周围摆放着几个雕刻精美的硕大花瓶，优美的音乐缭绕在四周。丝绸灯笼点燃起来的时候，流光溢彩，如梦如幻。柔美的灯光倾洒在新娘的身上，使新人更加美丽、优雅、迷人。

日本女性非常可爱。她们一生都沐浴在爱的光辉中。作为女人，还期望什么呢？她们不会统帅军队，不会制定法规。但是她们是家庭的管理者和统治者。她们拥有甜蜜的吻和极度的宠爱。

我已经试着描述了日本的传统婚礼。相信大部分细节依旧在非常正统的日本人婚礼上延续。但是，全世界范围内的保守势力都在消退，甚至在封建堡垒最为牢固的中国，它的力量也变得前所未有的弱小。日本人的一大特点是重形式而忽略内容，即使严肃的事件本身也往往因此而显得不够深刻。在日本，正统本身就像变色龙一样，不断地在变化，不具有稳定性，而且它也只是或有或无地存在于世纪末的日本那一段非常有限的空间里。

那些已经被西化和现代化了的日本人，他们的婚礼仪式与我之前描述的仪式相比，在细节上会有很大差别，已经不再那么具有什么日本特色了，也不再那么精致。其实我更想脱口而出的评价是，已经不那么独特迷人了。然而，在日本女性作为主角的这一美好仪式中，一切都应该是完美的。这一点，无论什么样的婚礼都不应该忽视。

第十七章

竹

整个东方世界都掩映在翠竹之中。那里的很多房屋都直接用竹子建造而成。每年的特定时节，还有成千上万的东方人以竹为食。

在我有关东方的记忆中，有竹子的画面占据着重要的位置，而且根深蒂固。它是所有东方国家的共同特征。槐蓝、大米、鸦片、茶叶、咖啡、洋红、宝石、香料——这些都会使人联想到东方，但却没有哪一个可以完全代表东方。唯有竹，可以看作是整个东方的象征。锡兰[①]的椰子树和桂树丛中，有它挺拔的身姿，优雅、温柔地摇曳；中国的大地上它更是随处可见，而且把那个古老国度的每一寸土地都衬托得高贵迷人；印度的原野上零星地分布着生机盎然的簇簇翠竹；甚至喜马拉雅山山脚下也可以觅得它的芳踪；日本原本就柔和、精致的容貌因为它而更加柔美；新加坡的郁郁葱葱也少不了它的功劳，在槟榔屿[②]恣情泼洒着一片又一片绿意。东方人对竹子的应用也异常巧妙。中国人在这方面可以说是独具匠心、技艺超群。客居东方多年后，返回到欧洲的家中，我一直有一种感觉，如果中国人能处在一个公平的环境中，他们会在任何需要技巧的方面胜过其他民族。几乎没有什么东西中国人不能用竹子做出来。房屋、箱柜、篮子、家具、轿子、黄包车、帽子、盾牌、马车、脚手架、篱笆、垫子、门帘——这还仅仅列举了中国人能用竹子做出的最简单的几样。

在植物王国里，没有什么能比竹子更加柔软和坚韧了。它可以在

---

① 南亚次大陆南端印度洋上的岛，即现在的斯里兰卡。——译者注

② 马来西亚西北部一个风光明媚的小岛，因盛产槟榔而得名“槟榔屿”。——译者注

中国孩童灵巧的手指下被编织;也可以被印度女人用柔弱的双手拔出;然而用它做成的脚手架上却可以站立多个中国工人。

有一次,我在香港的时候,正好赶上中国人过四年一度的"亡灵节"。这是中国人独创的兼具艺术性和神秘性的节日,一种表达哀思的特殊方式。亡灵节时要特意搭建一个竹制房子,里面有一排排的竹架,上面摆放着一些照片、花瓶、鲜花等等,总之所有能够体现中国艺术成就的一切东西。可以说亡灵节就是一次博览会,一次专属于中国的博览会,把世界上其他所有国家统统拒之门外。亡灵节上的很多环节、很多事物在我看来都是难以理解的。中国的神秘对大部分好奇的欧洲人来说好像永远罩着揭不开的面纱。但是,在亡灵节上,至少有一件事情我看得非常清楚,那就是竹子在其中意义非凡。不仅因为竹子是构成这个建筑的重要材料,也不仅因为这里所展示的有点儿用途的物件中一半以上都是竹子做的,还因为很多的陶器和绘画上面也都有竹子的图案。即使是最丑陋的雕刻,上面一旦有了竹子,也会生出几分优雅。更不用说那些上好的象牙了,竹子图案更让它们美到了极致。

竹子因其质地极轻极韧而成为一种非常实用的原材料,可用来制作一些便携的容器。在上海时,我常常会买大街上一个小商贩的糖果。他有一个可移动的摊位,或者说一个小货架。我一直很好奇他是怎么搬运它的。直到有一天,我亲自举起了它——竹子制造的,轻得出乎意料。中国的许多小桥也是竹子做成的,非常奇特,也很实用。

上海的育婴堂是我在中国所见到的最美丽的人文景观。它隶属于罗马天主教堂,里面的修女都是中国人。她们的打扮和普通阿妈没什么区别,穿着肥大的深蓝色裤子和浅蓝色上衣,戴着难看的头巾和碧玉耳环。但是她们每人胸前都戴着一个很大的十字架。可怜的中国小孤儿们就睡在独特的、高高的竹制摇篮里,稍大一点儿的孩子坐在牢固的竹制椅子上。是竹子的阴凉替上帝庇佑着这些顽皮的孩子,让他们可以在育婴堂嬉戏玩耍。

我见过一个中国的法院，法官们围坐在竹桌旁的竹椅上。中国的监狱也是用竹栅栏围起大门。中国士兵用的是竹盾牌。中国的乐师还用竹子做成笛子。中国的鸟贩子肩膀上横一根笔直的竹竿，挑着他那些长着羽毛的商品。那些失去了自由的鸟儿在竹笼子里唱着悲伤的歌儿。裹着小脚的中国女人摇摇摆摆地从窗户边走开，斜靠在竹子做的阳台上，远远地张望着如你我一样异样而苍白的欧洲人的脸庞。我有几个产自新加坡（新加坡也到处都是中国人）和香港的箱子。我常常一连几个小时地反复打量着这些几乎还泛有竹青色的竹箱。中国人在彻底性和精确性方面的确是无与伦比的。在新加坡时，我想让一个中国人帮我做一个比较精致复杂的箱子，我给他花了一张草图，告诉他我用卷尺测量后的尺寸。我们打着手势讨价还价，比划着定下了交货的时间。到了约定的那天，约翰带着完工的箱子来了。像我要求的那样用丝绸为放假发的一格做了衬、镶了边儿，用锡纸给放化妆品的小块地方做了衬里。我演出用的道具正好可以非常整齐地摆放进去。总之，我的每一项要求，他都严格地执行了，并且都完成得一丝不苟，没有丝毫差错。尽管我只是在一张纸上给他画了画，再加上对彼此的语言都一窍不通，我们完全没有进行任何语言的交流。我满意地付给了他讲定的价格，他说了声“谢谢”，然后同样满意地离开了。这就是标准的中国人的做法：他们会严格地信守约定。这一点明显有别于日本人。比如说吧，如果中国人和你谈好为你做一双靴子，收三元钱，周一送货，那么可以肯定到了周一，你一定会收到一双符合你要求的靴子。鞋匠会取走他的三元钱，并向你道谢。而如果你和一个日本人谈好了同样的事情，周一你绝不可能见到他。也许周二他会告诉你他将在周三把靴子送来。而直到周四他才会真的把靴子送来。他非常有礼貌，甚至比中国鞋匠有礼貌得多。但此时他会要求你付给他四元钱，而不是三元钱，因为这双靴子费的皮料是他预想的两倍。而且靴子十有八九也不是按照你的要求做的。不过话说回来，他们做的靴子却总会有某种难以描述的特质让它成为一件艺术品。中国人做的靴子尽管完全如你所愿，但充其量只能算得上是上等的手工艺品。

在孟加拉，我见过一些女人搬运成捆的竹子，高度相当于她们身高的三倍，体积和她们差不多。把竹子砍下后，这些苦力阶层的女人们用头顶着运送到数英里之外。而在头顶和她们沉重的负担之间只放了一层破布做为垫子。她们把这些竹子运送到最近的村庄，卖给一些竹器店。

穆哈兰姆月对某些做竹子生意的商人来说是一个非常热闹的月份。庆祝穆哈兰节的时候，成千上万的台阿兹叶[①]会被运送到大街上，然后被扔进恒河或附近的支流中作为献给神灵的祭品。台阿兹叶是纸和金箔混合而成的一种圣物，在印度宗教神话传说中不可或缺。信徒们用马车或者自己的肩膀运送它。无论以哪种方式运送来的台阿兹叶都会停放在一些竹制的台架上。穆哈兰节是伊斯兰的两大宗教节日之一，通常会诱发暴乱和流血事件。每当这时，本土的激进主义如同旋转木马般此起彼伏地席卷而来，受到最大威胁的往往是欧洲的利益。

竹子也是一种优质蔬菜。虽然可以食用的部分只是那些幼小的嫩芽，但非常美味可口。如果外面裹上一层奶油果酱，味道就像美国人常吃的芦笋尖儿。当地人通常把它放进一种清淡的原汤里。任何一种加了肉的咖喱都可以佐以竹子的嫩芽，成为美味的小菜。实际上那些最上乘的咖喱里，经常会放进些嫩竹芽儿。我曾经发明过一种竹子沙拉，味道真的相当鲜美。方法是，先把竹子的嫩尖儿用水煮一下，记住不要煮得太老。然后把它们放进冰箱里。等它们彻底变凉之后，淋上一种法式调料或者蛋黄酱，也可以配合莴苣、黄瓜等一起拌，这些可有可无，但最好放一点儿芹菜。并且，不论你用的是法式调料还是蛋黄酱，都要放一些辣椒进去，让它略带点儿辣味儿。竹子尖儿还可

---

① 音译，一种巨大的、经过装饰的、用纸和竹子做的坟墓模型，在穆哈兰节上用来纪念先知穆罕默德在战场上殉难的外孙。——译者注

以和糖姜以及香甜的芒果放在一起做成很好吃的蜜饯。后来回到伦敦，我特意翻了一下卖东方调味品的商店价目表，却没有发现任何东方的美食。这些水果和那些奇特的混合物，会让你的食物有一种东方的味道，令你觉得每一口都比上一口更好吃，更刺激。可惜在这儿是吃不到的，但是却给我留下了无尽的甜蜜回味。

我最欣赏的是成长中的竹子那别致美丽的一面。在除日本外的东方国家，几乎所有的美景在色彩和线条方面都是活泼鲜明的。唯有竹子格调阴柔逶迤，轮廓优雅朦胧。它绵延数英里修饰着印度的景色，使它变得柔和。如果没有这些竹子，印度的风景将会非常粗俗。我庆幸自己现在还清楚地记得贾巴尔普尔[①]那一簇令人欣喜的竹子。它的色彩和身姿是如此柔和，甚至晕染到聚集在附近的当地人的衣服上，顿时令那粗糙的色彩温婉了许多。那时，我每天下午例行的乘车兜风，总会把这片竹林作为目的地之一。曾经多少个繁星满天的夜晚，趁夕阳尚未完全隐去，我不惜长途跋涉，只为一睹明亮星光映衬下竹子那奇妙的灰绿色花边一样的轮廓。

---

① 印度中部城市。——译者注

印度女人和一捆捆的竹子

色 俩 目

（代后记）

是时候跟东方以及我所留在那儿的一切说再见了，但我却无法割舍，只能说句："色俩目①，珍重，平安。"

很多时候，期盼越迫切就越感到无力。但我仍然心怀期盼，盼望着有一天还能重返东方。同时我也希望自己对东方的描述能够更恰当、更充分——这是我最迫切的渴望。

还有那么多令我心驰神往的事，但是已经没有时间在文中提及了。

该动身了，我们依依不舍地和朋友们道别。就在火车即将开动之时，暴雨倾盆而下。风在呜咽，车窗的玻璃也颤抖着、战栗着，发出"咔嗒咔嗒"的响声。我在心里对着我们的营地默念："色俩目，珍重，平安。"那里曾经是我们深爱的家，是我们将要告别朋友们的最后一站。

人之所望，天必与之。而如果真的没有期望，反而会得到更多。离开东方的这天终于到了。我心里的难过无比真切。无论我将要返回的家乡和未来将要给予我些什么，毫无疑问的是我的许多神圣而珍贵的东西已经留在了东方。东方，埋葬了我的进取心，却给了我更多的关切和抚慰。

我们对英格兰充满了渴望和思念，但是离开东方的步伐却无比沉重和艰难。

---

① 色俩目，是阿拉伯文 salām 的音译，原意为"和平""平安""安宁"。据传说，易卜拉欣老年时得一"圣子"，天使曾预先向他说"色俩目"。此后，穆斯林们便仿此而行。到穆圣传教时期，人们已将道"色俩目"视为一种圣行，见面时用此来致礼十分普遍。——译者注

到达利物浦时,同样是大雨如注,但完全没有引起我的注意。到家了——终天到家了!我们欣喜而感慨地彼此注视。终于,我们手牵手走出了充满传奇色彩的东方,又一起手牵手回到了演员们的圣地——伦敦。

我浏览着自己写下的这份文稿,怀疑自己是否写得过于感性和自我。但这是我唯一能够运用自如的写作方式。

我有一种天赋。也许这么说有些不谦虚,但我相信会得到原谅的,因为我得坦白地承认这确实是我唯一的天赋。这得益于我父亲的遗传,这一天赋在他身上体现得格外鲜明。它有时会给你带来悲伤,但同时我也敢肯定再没有哪一种天赋能够像它一样会给你带来无尽的快乐。这就是爱的天赋。我有一个近乎偏执的观点:如果一位女性只能有一种天赋,那毫无疑问就应该是爱。我曾那么深沉地热爱着东方。我发誓,如果自己不能如实地记录亲眼所见的东方,不能记录下在那里生活的点点滴滴,那么我一定会选择保持沉默。于是我决定一吐为快,写下了这本小书。还有一句话我希望自己已经成功地表达了出来,那就是:"到东方去——到东方去!"

这本小书中如果有任何瑕疵,那么将由我全权负责,与我所描述的主题没有任何关联。

虽然我已远离东方,但是我的心却依然和它靠得很近。我要给仰光[①]和卡苏里[②]送去问候——一个来自遥远的英伦大地的带有紫罗兰气息的问候。

① 缅甸首都。——译者注

② 位于印度北部的喜马偕尔邦,该邦毗连中国西藏藏族自治区。——译者注